悪役令嬢、セシリア・シルビィは死にたくないので男装することにした。4

秋桜ヒロロ

23032

角川ビーンズ文庫

ACADEMY of VULUHEL

CONTENTS

プロローグ 007

第一章　白亜の神殿 009

～閑話～　たまには男同士で。 066

第二章　『選定の剣』を取り戻すには？ 077

第三章　生誕祭とネサンスマーケット 136

第四章　対決 216

エピローグ 269

巻末書き下ろし短編『嘘と真実の狭間で』 277

あとがき 283

Name. セシリア・シルビィ

ギルバート・シルビィ
セシリアの義弟で攻略対象。セシリアの男装学院生活に協力している。
オスカー・アベル・プロスペレ
王太子。セシリアの婚約者で攻略対象。
セシル・アドミナ
男爵子息としてセシリアが男装した姿。通称『学院の王子様』。
セシリア・シルビィ
シルビィ公爵家令嬢。『ヴルーヘル学院の神子姫3』に登場する悪役令嬢。
悪役令嬢、セシリア・シルビィは死にたくないので男装することにした。
4

人物紹介

ジェイド・ベンジャミン

青年実業家で攻略対象。
セシリアのクラスメイト。

リーン・ラザロア

男爵令嬢。『ヴルーヘル学院の
神子姫3』のヒロイン。

エルザ・ホーキンス

神殿に仕える女性の聖職者。
セシルのファン。

ジャニス王子

多くの攻略ルートにおいてラスボス
として現れる。最も謎が多い。

本文イラスト／ダンミル

プロローグ

喩《たと》えるなら私は、茨《いばら》の冠《かんむり》だった。
杯《さかずき》であり、槍《やり》であり、釘《くぎ》であり。時には遺骸《いがい》で、時には像だった。
鏡であったことも、剣《けん》であったことも、玉《ぎょく》であったこともあったかもしれないし。
街外れにある、その街唯一《ゆいいつ》の教会だったこともあるだろう。
人によっては、干ばつの時の天であったかもしれないし、
洪水《こうずい》時の川だったときもあるかもしれない。
つまり私は、崇敬《すうけい》の対象で、信仰《しんこう》の一部で、お飾《かざ》りの偶像《ぐうぞう》だった。

「神子《みこ》なんかになりたくなかった……」

私は今日も白亜《はくあ》の神殿《しんでん》でそう呻《うめ》く。
誰《だれ》が悪いというわけでもない。ここに居る人たちは皆《みな》いい人で、善意で、厚意《こうい》で、配慮《はいりょ》で、
私をここに軟禁《なんきん》しているのだから。崇拝してくれているのだから。

けれど、その善意の、厚意の、配慮の、なんたる迷惑《めいわく》なことか。

何年、何十年と自由を奪《うば》われて、私は牢獄《ろうごく》の中で夢を見ることしか出来なくなっていた。

第一章　白亜の神殿

ヴルーヘル学院には、『王子様』がいた。

溶《と》かした飴《あめ》のような艶《つや》やかなハニーブロンドに、吸い込まれるような青い瞳《ひとみ》。

形の良い唇《くちびる》は常に弧《こ》を描《えが》き、鼻梁《びりょう》は高く、手足は長い。

指先まで気を張っているかのような所作や、魅惑《みわく》的で中性的な容姿は、男性でありながら『一顧傾城《いっこけいせい》』と表現されるほどで。

物語の中から飛び出してきたヒーローのような甘言が、彼の人気をさらに確固たるものにしていた。

『王子様』の名は、セシル・アドミナ。

男装の麗人《れいじん》であり、ヴルーヘル学院の王子様でもある彼女は、今——

「みなさん、お疲《つか》れ様です」

「きゃぁあぁぁぁぁぁぁぁ！　セシル様!!」

神子の住まう白亜の神殿でも、立派に王子様をしていた。


「まったく。こんなところに来てまで何をやってるんだ、お前は……」

「あはは……、ただ挨拶《あいさつ》しただけなんだけどね」

隣《となり》を歩く、呆《あき》れたようなオスカーの声に、セシリアは苦笑いを浮《う》かべたまま頬《ほお》を掻《か》いた。

それは『降神祭』が終わって、しばらく経《た》った十一月の半ば。

セシリアを含めたいつものメンバーは神子に呼び出され、カリターデ教の総本山であるトルシュに来ていた。そこは、プロスペレ王国内にある神子をトップに据《す》えた都市国家で、名実ともにカリターデ教会の国である。国民として認められている人間は全《すべ》て修道士か聖職者という徹底《てってい》ぶりだが、土地自体は小さく、敬虔《けいけん》な信者たちの巡礼《じゅんれい》や礼拝を毎日受け入れている関係上、国境らしい国境もないため、実質はプロスペレ王国内にある一つの都市として扱《あつか》われていた。

そんな土地の神子が住まう神殿に、なぜ彼らが呼び出されたかというと――

「『降神祭』の時のお礼を言いたいって、神子様も結構律儀《りちぎ》だよね！」

前を歩くジェイドが楽しそうに声を弾《はず》ませる。

そう。彼らが呼ばれた理由は、例の降神祭のゴタゴタを鎮《しず》めたからであった。なので、騎士《きし》だと認識《にんしき》されていないギルバートと、本来なら神子に関係ないはずのヒューイ、それとモードレッドとともに治療《ちりょう》に走り回ったグレースにも、今回はお呼びがかかっていた。

しかしながら、未《いま》だに罪の意識を感じているツヴァイとアインは辞退。病《や》み上がりの妹を数日も一人にできないと、モードレッドも欠席。それに伴《ともな》ってグレースも欠席を申し出たため、その場にはセシリアとリーン、ギルバートとオスカー、ジェイドとダンテとヒューイの七人しかいなかった。

「それにしても、彼女たちは修道女のはずですよね？　あんなふうに、異性に声を上げていいものなんですか？」

未だ背中にかかる黄色い声を聞きながら、ギルバートは眉《まゆ》を寄せる。

彼の問いに答えたのは、先頭を歩く女性の聖職者だった。

彼女の名前はエルザ・ホーキンス。神子の住まう神殿と、神殿にいる修道女を束ねている司祭である。

修道女を束ねていると言っても、その年齢《ねんれい》はセシリアたちと変わらない。赤毛のおさげと、頬に残るそばかす。それと、大きなメガネが特徴《とくちょう》の女性だった。

そんなエルザは今回、セシリアたちの案内役を務めていた。

「確かに、彼女たちは修道女になるときに修道誓願《せいがん》をします。しかし、彼女たちが聖職者ではない以上、そこまでの無理強《むりじ》いは出来ません。明らかな誓願違反《いはん》があればまた別ですが、男性に声を上げてしまうぐらいは許容しています」

「修道誓願って？」

聞き慣れない単語にヒューイは首を傾《かし》げる。その質問に答えたのはジェイドだった。

「修道士や修道女になるときに立てる誓《ちか》いのことだよ。貞淑《ていしゅく》、清貧、従順の三つを誓うんだ」

「へぇ。……なんかよくわからないけど、大変そうだな」

「あはは、興味なさそうだね」

「まぁ……」

そんな彼らに笑《え》みをこぼしながら、エルザはさらにこう続けた。

「それに、セシル様の事は私《わたくし》どもの方でも例外的な扱いになっておりまして」

「どういうこと？」とセシリア。エルザは悩《なや》ましげな声を出した。

「有り体《てい》に言ってしまうとですね。セシル様にならば、こう、熱をあげてもいいと言いますか……」

要領を得ない彼女の言葉に、セシリアはいぶかしげな顔で首をかしげる。するとエルザは足を止め、彼らを振《ふ》り返った。そうして、なぜか少し染まっている頬を両手で挟《はさ》む。

「実は降神祭の一件以来、私ども教会の方で、セシル様がイアン様の生まれ変わりではないかと、ささやかれておりまして……」

「え？　イアンって。あの、女神《めがみ》を救って、この国の礎《いしずえ》を築いたとされるイアン・ブリュエル⁉」

女神の陰《かげ》に隠《かく》れがちだが、神話のもう一人の主人公である。

悪魔《あくま》に巣くわれた国の王子にして、女神と共に死地をくぐりぬけた英雄《えいゆう》。

そして最後は女神と結ばれ、この国の名を『栄える』という意味の『プロスペレ』と改めた国の始祖。

「つまり、オスカーのご先祖さまだね！」

「まぁ、神話ではそうだな」

ジェイドの言葉に事もなげに頷《うなず》くオスカーの隣で、セシリアは驚愕《きょうがく》に目を見開いたまま自身を指さした。

「そんな人の生まれ変わりが……俺⁉」

「はい！」

エルザは先ほどまでの冷静な顔を一変させ、まるで恋《こい》する乙女《おとめ》のような表情で両手を組む。

「リーン様を助け出されたその勇姿は、まるで神話の再現であるかのような神々《こうごう》しさがあったとお聞きしております！　炎《ほのお》の中に突然《とつぜん》現れたセシル様は、リーン様をその腕《かいな》に抱《いだ》き、颯爽《さっそう》と救い出した。軽《かろ》やかに地面に降り立ったその背には、鳥のような翼《つばさ》があったと――」

（だいぶ、話盛っちゃってるなぁ……）

熱く語るエルザを見据《みす》えながら、リーンを救ったセシリアはそう苦笑いをこぼした。

彼女の話によると、セシルはその後、襲《おそ》いかかってくる敵をバッタバッタとなぎ倒《たお》し、最終的には山のように巨大《きょだい》な大男と一騎討《いっきう》ちをして見事勝利を収めたという。しかも相手は、空に穴を開け、山を裂《さ》き、海を割るほどの力の持ち主だったというから驚《おどろ》きだ。

（神話ってこうやって出来てくんだろうなぁ）

尾鰭《おびれ》背鰭に胸鰭《むなびれ》、腹鰭、臀鰭《しりびれ》。

鰭のオンパレードだ。というか、もうそこまでいくと鰭しか見えない。

話の盛り方でいうなら、大盛りを超《こ》えている。

一通り語ったのち、エルザははっと我に返り「失礼しました」と咳払《せきばら》いをした。自分でも語りすぎたと思ったのだろう。

エルザは未だ赤い頰のまま続ける。

「えっとですね。つまり、何が言いたいかと申しますと。セシル様はそのような噂《うわさ》により神格化されつつありまして、イアン様を崇拝《すうはい》することは私どもの教義に反する行為《こうい》とは言えず、むしろ推奨《すいしょう》されている行為であります。ですから、セシル様＝イアン様ならば、私どもがいくら熱を上げていても問題がないと言いますか……」

「……良かったわね、次は神よ」

「何も良くないよ!?」

耳元でつぶやくリーンの声にそう反応してしまう。

そうだ何も良くない。なんのために男装していると思っているのだ。

目立たず、構われず、ゲームの内容からは程遠《ほどとお》いモブになる予定だったのだ——最初は。

(いや、もう目立たず過ごせるとは思ってないけど！　構われなくなるとか思ってないけど！)

だとしても神はない。神格化って何だ。

「ですから、セシル様には今後十分に気をつけていただければと！」

「気をつけるって……」

「セシル様がイアン様の生まれ変わりだと信じて、猛烈《もうれつ》なアタックをしてくる修道女がいないとも限りませんから」

「猛烈な、アタック……」

「しかも、セシル様と修道女がどうにかなってしまった場合、こちらが罰《ばつ》することができるかどうか、それも定《さだ》かではありません。セシル様の件はまだ確定事項《じこう》ではありませんが、セシル様と関係をもってしまった修道女を『貞淑を捨てた』ととるか『神に身を捧《ささ》げた』ととるかは、枢機卿《すうききょう》たちの間でも必ず意見が分かれるところだと思いますので……！」

不穏《ふおん》な雰囲気《ふんいき》が漂《ただよ》いだした会話にセシリアは頬を引き攣《つ》らせた。

もしかして自分は、とんでもないところに来てしまったのではないだろうか。

神殿《しんでん》が伏魔殿《ふくまでん》だったなんて、笑い話にもならない事態だ。

「くれぐれも、私以外がお出しするお茶や食べ物を勝手に口になさいませんように、お願いします。入ってるのが睡眠薬《すいみんやく》ならまだ可愛《かわい》い方ですからね！」

「可愛くない方だとどうなるんですか？」

「それは、……聞かれない方がいいと思います」

今までのどのエルザよりも可愛らしい顔で彼女は笑う。

寒気が一気に全身を駆《か》け上り、セシリアはブルリと身を震《ふる》わせた。

「とにかく、目の前にいるのは飢《う》えた獣《けもの》。甲高《かんだか》い声は獲物《えもの》を見つけたときの遠吠《とおぼ》えだとお考えくださいね。――ってことで、つきました」

エルザは一つの扉《とびら》の前で身を翻《ひるがえ》す。

彼女は扉を開けながら、その場にいる七人ににっこりと微笑《ほほえ》んだ。

「それではこちらでお待ちください。神子《みこ》様の準備が整いましたら、またお呼び致《いた》しますので」

通された応接間は、神殿の中にしては華美《かび》だった。

白い壁《かべ》に金色の装飾《そうしょく》、窓は大きく蒲鉾《かまぼこ》形に切り抜《ぬ》かれており、左右の壁には神話の一場面が描《えが》かれている。何も知らなければ、貴族の住む邸宅《ていたく》の応接間だと言われても、誰《だれ》も何も疑わないだろう。

「カリターデ教の総本山って聞いてたから、もっと堅《かた》い雰囲気を想像してたけど。エルザさんも気さくだし、なんだかイメージと違《ちが》ったなぁ」

のんびりとした声でそう言うのは、ジェイドだ。彼はいち早くソファーに腰《こし》を下ろし、興味津々《きょうみしんしん》に周りを見回している。

セシリアもそんな彼に倣《なら》うように隣《となり》に腰掛《こしか》けた。

「そうだね。神殿も思ったより、こう、豪華《ごうか》だったし！」

「だよね！　信者たちに清貧を求めるぐらいだから、建物もシンプルな感じだと思ってた！」

外から見た神殿は実に荘厳《そうごん》だった。

大きさもさることながら、美術品のような外観は、見るものを惹《ひ》きつける。

正面は丸くて太い柱が左右対称《さゆうたいしょう》に何本も立ち並び、玉ねぎ形の丸い屋根が訪《おとず》れるものを見下ろす。入り口前に置いてある女神の彫刻《ちょうこく》も、つくりは大変丁寧《ていねい》で緻密《ちみつ》で。馬車から降りたセシリアたちも、最初はその荘厳さにただただ、呆《ほう》けてしまっていた。

全《すべ》ての施設《しせつ》を合わせれば、王宮と肩《かた》を並べることが出来るのではないかというぐらいのものものしさである。

「あんまりみすぼらしいと信仰《しんこう》の対象になり得ないからね。ここは信者たちの寄付金で成り立っている場所だから、それなりに見てくれは良くしとかないといけないんだよ」

　セシリアたちの会話を聞いていたのか、ギルバートはそう説明してくれる。

　貴族や大きな商人の家といった、比較的恵《ひかくてきめぐ》まれたところに生まれた女性は、たまに作法修養のために修道院に入ることがある。その時の持参金は結構なもので、位の高い貴族の令嬢《れいじょう》を預かる場合、大きな屋敷《やしき》がポンと建つぐらいのお金が動くのだという。

「礼拝だけじゃなく観光に訪れる人もいるみたいだし、その辺は教会も商売上手だよね」

　明るい声を出しながら、ジェイドは頰《ほお》を引き上げた。

　その楽しそうな笑《え》みに、セシリアは首をかしげる。

「ここまで来るときも思ったけど。ジェイド、なんだか今日は嬉《うれ》しそうだね」

「え？　うん、嬉しいよ！　だって、神子様が直々に褒《ほ》めてくれるんでしょ？　そりゃ、嬉しいに決まってるよ。それに、こうやってまたみんなで旅行できるのって、やっぱり楽しいからさ！」

　はしゃいだような声を出しながら、ジェイドはセシリアを覗《のぞ》き込んだ。

「あと、今回はセシルも一緒《いっしょ》だしね！」

「俺？」

「うん！　前にシルビィ家に遊びに行ったときはさ、セシルいなかったじゃない？　なんか寂《さび》しかったんだよねー」

「ジェイド……」と、思わず感動したような声が出てしまう。

彼が言う『前にシルビィ家に行ったとき』というのは、夏休みに起こった『シルビィ家、突《とつ》撃《げき》訪問』のことだろう。期せずして、お泊《と》まり会になってしまったアレである。

実際のところ、セシリアは本来の姿でその場にいたのだが、未《いま》だにセシルの正体がセシリアだと気がついていないジェイドは、セシルの不在を寂《さみ》しがってくれていたようだった。

「あのときはさ。うちの商会の人間にアドミナ家を探してもらって、セシルのことも呼び出そうかと思ったんだけどさ。ギルに止められちゃって……」

「……そんなことが……？」

「うん！　セシルはセシルで忙《いそが》しいだろうからって。オスカーも賛同してくれてたんだけどね」

その言葉にセシリアは青い顔で「そう……」と頷《うなず》いた。どうやら知らないところでまたピンチに陥《おちい》っていたらしい。

事を未然に防いでくれたギルバートに、セシリアは心の中で感謝した。

そんなセシリアの心の内を知らないジェイドは、隣に座る彼女の手をぎゅっと握《にぎ》りしめた。

「だからさ、今回は思いっきり楽しもうね！　明日《あした》は観光とかもできるみたいだし！」

ジェイドのその声にセシリアは「そうだね」と頷いた。

神殿の滞在《たいざい》予定は二泊《はく》三日である。

首都のアーガラムからここまで、馬車だと半日かかる。今朝は夜が明ける前に学院を発ったので今はまだ夕方だが、これを連日で行うとなると、馬も乗っている者も、身体《からだ》がもたない。

なので、間に一日休みの日をとっているのだ。

　つまり明日は一日、自由時間である。

「まずは、聖マリーヌ大聖堂は行っておきたいよね！　ロージェ礼拝堂も近くにあるから見てみたいし、画廊《がろう》もあるみたい！」

「結構いろんな場所があるんだね」

「見どころいっぱいだよね！」

　修学旅行のようなノリを見せるジェイドに、セシリアも天井《てんじょう》を見ながらほぉっと息を吐《は》いた。

「でもそっかー、そう考えると楽しみだなぁ」

「あと、ここ大浴場あるらしいから、セシルも一緒にお風呂《ふろ》入ろうよ！」

「な――っ！」

　ジェイドの台詞《せりふ》の直後、何故《なぜ》か反応したのはオスカーだった。彼の反応をどうとったのか、ジェイドはくるりとオスカーの方に身体を向ける。

「あ、オスカーも一緒に入る？　大きなお風呂にたっぷりのお湯って、なかなかに贅沢《ぜいたく》だよねー！　林間学校の時みたい！　あー、でもオスカーにとってはあんまり珍《めずら》しくないのかな？　でもでも、背中の流しあいっこしようよ！　ボク、兄弟いないからそういうのに憧《あこが》れがあったんだよねー！」

「あのね、ジェイド……」

勝手に話を進める彼に、さすがのセシリアも声を上げるが、ジェイドの耳には何一つ届いていないようだった。

「ボクがオスカーの背中流すから、セシルはボクの背中流して、オスカーはセシルの——」

「そ、そんなのだめに決まってるだろうが！」

オスカーが何故か赤くなった顔でそう叫《さけ》んだ瞬間《しゅんかん》、「神子様の準備が整いました」とエルザが部屋に入ってきた。


神子への謁見《えっけん》は、わずか五分程度で終了《しゅうりょう》した。

というのも、神子は御簾《みす》の向こうに隠《かく》れており、側《そば》にいたエルザが神子の書いた手紙を読み上げただけだったのだ。椅子《いす》に座っている神子のシルエットは見えたが、実際に顔を見ることはなく、当然、声を聞くこともなかった。

拍子抜《ひょうしぬ》けも拍子抜け。

こう言ってはなんだが、半日かけて来た甲斐《かい》もない謁見だった。

（せめて、顔ぐらいはちゃんと見たかったんだけどなぁ……）

そんなことを思いながら、セシリアは用意された部屋で荷解《にほど》きをする。

部屋はもちろん、一人部屋だ。林間学校の時のように、誰《だれ》かと相部屋、なんて恐《おそ》ろしいことにはなっていない。

来訪者が多いのか、意外なことに、神殿《しんでん》には、宿泊《しゅくはく》するための部屋もたくさん用意されていた。

（降神祭の時に神子《みこ》が現れないのはゲームと同じだから特に疑問には思わなかったけど。もしかして、人前に姿を見せられない理由でもあるのかな……）

今年はリーンが代役を務めたが、昨年の降神祭では神子が街を回ったはずだし、どうにも不自然な感じが残る謁見だった。

そんな胸の蟠《わだかま》りを抱《かか》えたままセシリアは荷物の整理を進める。すると、不意に部屋の扉《とびら》が叩《たた》かれた。ギルバートでも訪ねてきたのかと思い「はーい」と返事をすれば、聞き慣れた声が耳に届く。

『セシル様、少しよろしいでしょうか？』

「え！　リーン⁉」

声をひっくり返しつつ慌《あわ》てて扉を開ければ、そこには案の定、ほっこりと微笑《ほほえ》む親友がいる。

リーンはセシリアが許可をする前に部屋に入り、後ろ手で扉を閉めた。そして、すかさず鍵《かぎ》も閉める。

「リーン、どうしたの？　何かあった？」

「『何かあった？』って、作戦会議に来てあげたのよ」

「作戦会議？」

猫《ねこ》かぶりを止《や》めていつもの調子に戻《もど》った彼女は、居丈高《いたけだか》に胸を張る。

「そ。アンタ一人じゃ何かと大変でしょう？　だから、今回は手伝ってあげようと思って」

「えっと……なんのことかわかんないんだけど」

要領を得ないリーンの言葉にセシリアがキョトンとした顔で首をひねると、彼女はあからさまに眉《まゆ》を寄せた。

「もしかしてそれ、本気で言ってる？　今回の目的、忘れたとは言わせないわよ！」

「え？　あ。『作戦会議』ってそういうこと!?」

「そ。そういうこと」

リーンは唇《くちびる》を引き上げる。

「この神殿滞在期間中に、『選定の剣《けん》』を回収するんでしょう？」

その言葉にセシリアはしっかりと頷いた。

『選定の剣』というのは、グレースの言っていた『「障《さわ》り」を断《た》つのに必要となるアイテム』だ。トゥルールートに入った時にのみ手に入れることができるもので、アインとツヴァイの二人と仲良くなろうとしたのも、これを手に入れるためだった。

「確認《かくにん》しておきたいんだけど。神子か神子候補が『選定の剣』を、神殿の最奥《さいおう》にある祭壇《さいだん》に刺《さ》せば、『障り』の大本《おおもと》が祓《はら》われるのよね？」

「うん。そのはずだよ」

グレースの話によると、『選定の剣』は神殿の地下に隠されているらしい。剣の存在はまことしやかに囁《ささや》かれているのだが、神殿関係者でさえもその場所は知らず、現物を見た者はだれもいないのだという。

ゲームではいろんな偶然《ぐうぜん》が重なり、たまたま隠し部屋に迷い込んでしまったヒロインが、『選定の剣』を手に入れてしまう。そして、『障り』の研究をしているモードレッドにより、その短剣が『選定の剣』だと明らかになるのだ。

「隠されている地下室の場所は？」

「ちゃんと、グレースに聞いてきたよ」

セシリアはポケットから一枚の紙を取り出す。そこにはグレースから聞いた隠し部屋の行き方が書いてあった。

リーンはそれを手に取りながら、考えを巡《めぐ》らせるように下唇を指でなぞる。

「結構、曖昧《あいまい》ね」

「仕方ないよ。前世の記憶《きおく》だし、そもそもノベルゲームだし」

『ヴルーヘル学院の神子姫《みこひめ》3』は一般《いっぱん》的な乙女《おとめ》ゲームと同じようにノベルゲームだ。背景は基本的に固定。少しの地の文とキャラクターの掛《か》け合いのみで物語がすすんでいく。

そう考えると、むしろよくそれだけの記憶でここまでの情報を抽出《ちゅうしゅつ》することができたものである。

「目印になりそうなものは書いてあるけれど、もうちょっと情報は集めておきたいわよね」

「もしかして、回収するの手伝ってくれるの？」

セシリアが窺《うかが》うような声を出すと、リーンはしっかりと首を縦に振《ふ》った。

「えぇ。不本意ながら、前回は助けてもらったしね。私は借りを作らない主義だし、借りができたら早めに返す主義なの。……知ってるでしょ？」

彼女が言う『借り』というのは、降神祭で命を助けた件だろう。

セシリアとしては、自分が迂闊《うかつ》だったせいでリーンをあんな目に遭《あ》わせてしまった、という負い目があるのだが、彼女はどうやら恩を感じてくれているらしい。

「それに、今回は掛け値《ね》なしに危ない橋だもの。セシリア一人に任せるわけにはいかないわ。どうせ止めたって聞かないんだろうし、それなら手伝う一択《たく》よ！」

「でも……」

「何？　私じゃ足手まとい？」

リーンの言葉にセシリアは首を振る。

「そんなことないよ。だけど、リーンも言ってた通り、今回は結構危険だよ？　エルザさんたちに見つかる可能性だってあるし、見つかった場合どうなるかわからないし……」

『回収』だと表現したが、要は盗《ぬす》み出すことと同義なのだ。いくらそれがあるかどうかわからない未知のアイテムだとしても、勝手に持ち出すことはあまり褒《ほ》められた行為《こうい》ではない。

「そんなのわかってるわよ。でも、見張りとか人の引き付け役とかのことを考えたら、人数は多い方が安全でしょ？」

「それは、そうなんだけど……」

それでも渋《しぶ》るような声を出すセシリアに、リーンはしばらく考えた後、自身の左手を掲《かか》げて見せた。

「ま、断るならそれでもいいわよ。ただ、それならこれは貸せないけどね」

「それって！」

「こういう時こそジェイドの宝具よね！」

そう言う彼女の左手首には、キラキラと輝《かがや》く、緑色の石がついた宝具があった。

ジェイドの宝具は、隠密《おんみつ》行動特化型。姿や気配を消すことができるマントだ。今回の作戦にこれほどまでにうってつけの宝具はない。

しかし――

「なんて言って貸してもらったの？　もしかして、今回のこと言って――」

「言う訳ないでしょ」

「え？　じゃぁ……」

「『理由は言えないんだけど、その宝具貸してくれない？』って言ったら、『いいよ。貸してあげる』って、二つ返事でOKしてくれたわよ」

そのあっけなさに思わず「えぇ……」と狼狽《うろた》えたような声が出た。

大変助かる。大変に助かるのだが、そんな軽いノリで貸していいものではないだろうと、ジェイドを叱《しか》りつけたくもなる。

ジェイドの宝具を見せた途端《とたん》四の五の言わなくなったセシリアに、リーンは勝ち誇《ほこ》ったような笑《え》みを向けた。

「ってことで、決行は明日《あした》の晩ね！　作戦はこれから詰《つ》めましょう。今日は遅《おそ》くまで付き合うわよ」

「リーン、ありがとう」

「どういたしまして」

そう言って彼女は親友の顔でにっと歯を見せた。


「皆《みな》さま、行きますわよ。せーの……」

「「「セシル様ー！」」」

幾重《いくえ》にも重なった声に、セシリアは「はぁーい……」と右手を上げながら苦笑いをこぼした。

神子《みこ》に謁見《えっけん》した翌日、一行は神殿《しんでん》の前にいた。

窓からは頬《ほお》を染めた修道女たちが顔を覗《のぞ》かせ、セシリアに手を振っている。

ジェイドは黄色い声をあげる修道女たちを見た後、手を振るセシリアに視線を戻した。

「本当に、セシルには積極的に行ってもいいんだね」

「あはは……」

「大丈夫《だいじょうぶ》？　何か変なことされなかった？」

心配そうなギルバートの声に、セシリアは首を振る。

「大丈夫。迷惑《めいわく》なことは何もされてないよ。ただ、捧《ささ》げ物っぽいものはあったけど……」

「捧げ物？」

「なんか、扉《とびら》の前に大量の花とか、カゴに入ったフルーツとか、手作りの食べ物とか、色々置いてあったんだよね。通りかかったエルザさんに聞いたら『多分捧げ物でしょう』って……」

「本当に信仰《しんこう》の対象になってるんだな、お前……」

ヒューイにまで同情したような顔でそう言われ、セシリアは「あはは……、そうみたい」と視線を逸《そ》らした。もちろん、好意を向けられること自体は単純に嬉《うれ》しいことだ。しかし、こうも極端《きょくたん》だとどう反応していいか迷ってしまう。

「そういえば、食べ物もあったと言っていたが。まさかお前、それ食べてないよな？」

昨日のエルザの忠告もあり心配してくれたのだろう、オスカーが怪訝《けげん》な顔でそう聞いてくる。

セシリアは首を振った。

「食べてないよ。……最初はもったいないって思ったんだけど、こう、手作りらしいケーキから、髪《かみ》の毛っぽいものが見えて、やめちゃったんだよね」

「髪の毛……」

「普段《ふだん》、抑圧《よくあつ》していたものが解放されたって感じだな……」

オスカーとヒューイはドン引き、ダンテは「人間、何事も抑圧のしすぎは良くないってことだね！」と、カラカラと笑う。

食べ物に髪の毛が入っていたという衝撃《しょうげき》的事実に、ジェイドも心配そうな声を出した。

「セシルって結構危なっかしいから、この国にいる間は誰《だれ》かと行動を共にしたほうがいいかもしれないね。ほら、何かあった時に一人じゃ対処出来ないでしょ？ 今日は回るところも多いし、別行動になるかもしれないからさ。そういうときに一緒《いっしょ》に動く相手を決めておくと、何かと楽でしょ？」

「そうだね……」

セシリアは悩《なや》むような声を出す。瞬間《しゅんかん》、ギルバートと目が合った。

大体こういう時は、セシリアは彼と行動を共にしてきた。だから周りも当然ギルバートを指名してくると思ったのだが――

「じゃぁ、何かあった時はジェイドと一緒に行動しようかな！」

「え、ボク？」

意外そうにそう言って、ジェイドは自身を指さす。

その奥で、ギルバートも少し驚《おどろ》いたような表情をしていた。

「なんだか、珍《めずら》しいですわね」

「お前ら二人、喧嘩《けんか》でもしたのか？」

ギルバートと見比べながらそう言うヒューイに、セシリアは慌《あわ》てて首を振る。

「喧嘩なんかしてないよ！　ほら、単純にジェイドってここのこと詳《くわ》しそうだからさ！　一緒に居たらいろいろ教えてくれそうだなぁって！」

「え？　そう？」

目を瞬《しばたた》かせるジェイドに、セシリアは「うん！」と大きく頷《うなず》く。

「そっか！　じゃぁ、何かあった時は一緒に行動しようか！」

そんなやりとりをしている視線の先でギルバートが片眉《かたまゆ》を上げているのが気になったが、彼女はあえてそれを見ないふりをした。

その日は、聖マリーヌ大聖堂とロージェ礼拝堂。そのあとは、カリターデ教会に寄付された美術品や絵画が並ぶ画廊《がろう》を見にいった。

昨日ジェイドが言っていた通りに、信者だけでなく、観光に来た人にも開かれている国のようで、国の中心にある広場にはそれなりに店が立ち並び、露店《ろてん》も多かった。礼拝に来た信者目当てに、出稼《でかせ》ぎに来ている者も多いようで、ジェイドの知り合いの商人も何人かこちらに店を出していた。

特に豪華《ごうか》なのは画廊で、娘《むすめ》を預けた貴族が寄付したのだろうか、さまざまな展示品があり、多くの信者や客で賑《にぎ》わっていた。

円状に広がっている広場とその真ん中に通っている大通りを歩きながら、セシリアは「おぉ……」と感嘆《かんたん》の声を上げる。

「なんか、本当に観光地って感じだね！」

「そうだね。教会の敷地《しきち》内や神殿の方とかはさすがに聖地って感じするし、立ち入りも制限されているけど。ここら辺は見せるための街って感じがするよね」

頷いたギルバートに同調するように、リーンとオスカーも口を開く。

「なんか、土産《みやげ》物屋までありますものね」

「あの辺は教会が主導しているんじゃないんだろうが、こうも賑わっていると『経済活動してる』って感じはあるな」

宗教活動と経済活動。なんだかミスマッチな感じがする両者だが、ここではお互《たが》いがお互いにちょうどいいバランスをとりながら、国を動かしているようだった。

そうこうしていると、四人の後ろから声がかかる。

「ギル！　オスカー！　ちょっと、こっちきて！」

振《ふ》り返れば、後方の土産物屋に捕《つか》まっていたダンテが手招きをしていた。隣《となり》にはヒューイとジェイドもいる。

呼ばれた二人が何事かと目を瞬かせていると、はしゃいだ様子のジェイドがこちらに駆《か》け寄ってきて、オスカーとギルバートの手首をぎゅっと握《にぎ》った。

「どうかしたのか？」

「ダンテが二人に似た人形を見つけたんだよ！」

「……人形？」

困惑《こんわく》した様子の両者に、ジェイドは満面の笑みで「いいから、来て！」と言い、二人を引っ張った。

「ちょっ！」

「おい、あまり引っ張るな！」

そんなことを言いながらも二人は大した抵抗《ていこう》もせずジェイドについていく。なんだかんだと言いながら、みんな彼に甘いのだ。この辺はジェイドの人柄《ひとがら》のなせる業《わざ》だろう。

そうして、場に残されたのはセシリアとリーンの二人だけになった。

「みんな楽しそうだね」

人形を見せつけられげんなりするギルバート。笑いながらダンテが何か言い、怒《おこ》り出すオスカー。ヒューイが一人ため息を吐《つ》いて、ジェイドがそんな彼の腕《うで》を引く。

和気藹々《わきあいあい》とした彼らのやりとりに、思わず笑《え》みがこぼれたその時だった。リーンが何か思い出したかのように「あっ」と声を上げる。

「そういえば私、あれから修道女たちにそれとなく『選定の剣《けん》』とか地下室のこととか聞いてみたんだけどね……」

「もしかして、何か収穫《しゅうかく》あった？」

声を潜《ひそ》めた親友に、セシリアは身を乗り出す。しかし、リーンはそんな彼女の期待を裏切るように首を振った。

「『選定の剣』の存在は知ってるみたいだったけど、それ以上はみんな何も知らないって」

「そっかー。私もエルザさんにいろいろ聞き込みしてみたんだけど、やっぱり同じ感じだったよ。……あ、でも！　メモに書かれていた『イアンの壁画《へきが》』の場所は教えてもらったよ！　あと、目印の置き時計の場所も！」

「ま、それだけあれば一応行くことはできるかしら……」

悩ましげな声を出すリーンに、セシリアは「……やっぱり、ちょっと不安だよね」と、気弱な顔で言う。そんなセシリアにリーンは軽く目をすがめたあと、彼女の背中を思いっきり叩《たた》いた。

「いっ――――！」

「ま、なんとかなるわよ！　だから、そんな不安そうな顔しない！」

「リーン……」

「なんてったって、この私がついてるのよ！」

いつも通りの自信満々な彼女は、自身を手のひらで指し胸を張った。

「だから、今は楽しんじゃいましょう。不安になっても、今更《いまさら》どうにもならないもの！　どうせ最後は腹をくくるしかないんだし！」

彼女がそう言い終わるのと前後して、「セシル！　リーン！　こっちきてー！」というジェイドの声が聞こえてくる。二人はその声に同時に顔を見合わせ、微笑《ほほえ》みあった。

「それじゃ、行きましょう！」

「うん！」

そうして二人は、ジェイドたちのいる方へ歩き出すのだった。


数時間後――

「はぁー、つっかれたー！」

夜。セシリアはベッドで大の字になっていた。観光で歩き疲《つか》れた足はもう棒のようで、夕食でお腹《なか》が膨《ふく》れているためか眠気《ねむけ》もすごい。少しでも目を閉じれば、次に目を開けた時は朝になっているのではないかというほどの疲労感《ひろうかん》で、身体《からだ》は鉛《なまり》のように重たかった。

セシリアはベッドの誘惑《ゆうわく》を撥《は》ね除《の》けるように飛び起きると、首を振った。

「ダメダメ、今日は一番大切な日なんだから！　このまま寝《ね》ちゃったら、なんのために神殿《しんでん》に来たのかわからなくなっちゃう！」

神殿の地下にある『選定の剣』を回収する。そのために、アインとツヴァイの二人と仲良くなり、あの怒濤《どとう》の降神祭も乗り越《こ》えたのだ。ここで眠《ねむ》ってしまったら、全《すべ》てが水の泡《あわ》である。

「でも、まだ決行までには時間があるしなぁ」

リーンとの作戦会議で、決行は深夜ということになっていた。

みんなが寝静《ねしず》まった後の方が、何かと動きやすいと思ったからだ。

それに、ゲームでヒロインが『選定の剣』を入手するのも深夜だった。ここは合わせた方が運命が味方してくれるかもしれない。そう二人は考えたのだ。

「よっし！　シャワーでも浴びようかな！」

水でも被《かぶ》れば目も覚めるだろう。そう思い、部屋にあるシャワー室に向かったのだが……

「あれ？」

水が出ない。いくら蛇口《じゃぐち》を捻《ひね》っても水が出てこないのだ。ボイラー室が動いていないなどで、お湯が出ないということはままあっても、水自体が出てこないというのはなかなかに珍《めずら》しい。

セシリアはエルザを呼びにいき、水道の不調を伝える。すると彼女は「そんなはずはないのですが……」と首を傾《かし》げた後、「では少し見てみますので、部屋の外でお待ちください」と微笑み、セシリアを廊下《ろうか》に待たせ、部屋に入っていった。

そして数分後――

「本当に申し訳ありません！」

エルザはセシリアに深々と頭を下げていた。

「いや別にエルザさんが悪いわけでは……」

「ですが！　セシル様にこのようなご不便をおかけすることになってしまったのは、紛《まぎ》れもなく私のせいです！」

エルザはセシリアが止めるのも気にせず、何度も頭を下げる。目尻《めじり》には涙が溜《た》まっており、怒られるとでも思っているのか顔は少し青くなっていた。

やはり水道が故障していたらしい。しかも、エルザがいくら調べても何が原因で水が出ないのか、まったくわからなかったというのだ。もうここまで来たら業者に頼《たの》んで調べてもらうしかないようで、直るのはどうやっても明日以降になるという話だった。

「ですので大変申し訳ないのですが、セシル様には大浴場の方を使用していただけたらと……」

「え？　……大浴場？」

「あ。もしかして、お嫌《いや》でしたか？」

「うーん。嫌っていうか……」

——無理な話である。

いくらセシリアだろうとそれがどんな危険を孕《はら》んでいるかわかっているつもりだ。大浴場ということは、すなわち他《ほか》の人間も使用する風呂《ふろ》ということで。そんなところで裸《はだか》になって、のんきに風呂など入れるはずもない。

困り果てたようなセシリアの反応に、エルザはますます申し訳なさそうに瞳《ひとみ》を潤《うる》ませた。

「本当は他の部屋のシャワーをお貸しするべきところなんですが。ここ最近、神殿にお泊《と》まりになる方がおられなかったので、お恥《は》ずかしながら部屋の掃除《そうじ》をしていないのです。今から掃除するとなると休んでいる修道女たちを起こしてこなくてはいけなくて……」

それは確かに気が引ける。すごく気が引ける。

日の出と共に起きて活動をはじめる修道女たちは、日が落ちると共に眠りにつく。つまり、もうほとんどの修道女が眠りについた後だということだ。そんな彼女たちを起こすのは、確かにすごく良心がとがめる。

しかも、セシリアたちが泊まっている部屋は無駄《むだ》に広いのだ。今からそれと同等の部屋を掃除するという話になったら、とても一時間や二時間では収まらないだろう。

「ですから……」

「うん、わかった！　その辺は自分でなんとかするから、もう頭を上げて！」

謝りっぱなしのエルザの肩《かた》をぐっと持ち、彼女の顔を上げさせる。

そして、彼女を安心させるように優《やさ》しく微笑みかけた。

「ほら、そんなに謝らなくても大丈夫《だいじょうぶ》だからさ」

「でも私、神子《みこ》様からこうして直々にお世話を任されたのに……」

肩を落とすエルザに、セシリアは少し考えた後、ポケットを漁《あさ》った。

そして、何かを取り出し、彼女の前に握《にぎ》りこぶしを作る。

「エルザさん。手、出して」

「え？　……こう、ですか」

差し出された手のひらに、セシリアは握りこぶしを開いた。すると、飴《あめ》が三つほど転がり落ちてくる。明るい色の包み紙に、両端《りょうはし》がリボンのようにねじられているそれは、なんともかわいらしい。

エルザはそれらを見て、目を大きく見開く。

「これは？」

「今日街に出たときに、ジェイドが山ほど買っててさ。俺にも分けてくれたんだけど、食べきれなくて……」

そう言いながら、セシリアはエルザの手にある飴を手に取り、両側を引っ張るようにして包みを開いた。そして中の琥珀《こはく》色《いろ》の飴を手に取り、「ほら、あーん」とエルザに差し出した。

最初は戸惑《とまど》っていたエルザだったが、セシリアの雰囲気《ふんいき》に押されたのだろう、渋々《しぶしぶ》口を開く。

その口にセシリアは飴を転がした。

瞬間《しゅんかん》、エルザは口を押さえ、驚《おどろ》いたような声を出した。

「──甘い！」

「飴なんだから当たり前だよ。あ、もしかして、ちょっと子どもっぽかったかな？　甘すぎた？」

セシリアが心配そうに覗《のぞ》き込むと、エルザは淡《あわ》い笑《え》みを浮《う》かべたまま首を振《ふ》る。

「いえ。飴なんて久しぶりに食べたので、ちょっとビックリしてしまって……」

「飴は好き？」

「……はい」

「良かった」

セシリアがそう笑うと、エルザはどこかまぶしそうに目を細める。

「エルザさん、いつも頑張《がんば》っているからさ。疲れたときにでも食べて」

「はい、……ありがとうございます」

少しだけ困ったような顔で、それでも嬉《うれ》しそうに彼女はそうお礼を言った。

「で、どうするかなー」

エルザが去り、一人部屋に残されたセシリアは頭を抱《かか》えた。

正直、シャワーが使えないのは痛い。痛すぎる。観光で結構汗《あせ》もかいたし、カツラの下もサラシの下も一度スッキリさせておきたい。しかも、これから自分には人生の大一番が待っているのだ。禊《みそぎ》ではないが、一度リセットした状態で挑《いど》みたいのは確かだった。

「仕方がない。リーンに借りよう」

こういう時の親友だ。女友達だ。彼女ならばシャワーを借りても何も問題がないだろう。何より裸を見られても『恥《は》ずかしい』ぐらいで済む。

そう思い、セシリアは着替《きが》えを抱えてリーンの部屋を訪ねた。

扉《とびら》の前に立ち、ノックを二回。

「リーン。いる？」

部屋の前でそう声を上げた直後、扉が開いた。しかし、そこにいたのは――

「リーンに何か用か？」

「ヒュヒュヒューイ⁉」

恋人《こいびと》様のご登場である。

セシリアは自分のタイミングの悪さを呪《のろ》い、顔を青くさせた。

ヒューイの後ろからリーンが顔を出す。

「あらあらセシル様、何かご用ですか？」

「いやー……」

「なんで着替えなんか持ってきてるんだ？」

「これは――」

慌《あわ》てて背中に着替えを隠《かく》す。

今のセシリアの状態は、『恋人のいる女性の部屋に着替えを持って訪ねる男（しかも夜）』だ。まぁ、控《ひか》えめに言って大大大問題である。ヒューイからすれば、今のセシルはかなりの危険人物のはずだ。

（ヒュ、ヒューイに殺される）

元ハイマートの構成員。彼が本気になれば、セシリアなんてひとたまりもないだろう。

眉《まゆ》を寄せるヒューイにセシリアは慌てて言葉を重ねた。

「ちょ、ごめん！　部屋を間違《まちが》えちゃって！」

「いやお前、さっき『リーン。いる？』って言ってただろ」

「き、聞き間違いじゃないかなぁ！」

「聞き間違い？」

「そうそう！　リーンじゃなくて、リ、リ、リ……リャーンって言ったんじゃないかな、俺！」

「リャーンってなんだよ」

「……猫《ねこ》の鳴き声？」

「はぁ？」

ヒューイの眉間《みけん》に皺《しわ》が寄る。そりゃそうだろう。言っているこっちだって意味がわからない。

セシリアの頬《ほお》に冷や汗が伝う。

（ヒューイってこんなに怖《こわ》いキャラだった⁉）

あからさまに睨《にら》んできているわけではないが、何か疑っている。訝《いぶか》しんでいる。背後にいるリーンも困ったような顔をしているし、もうこれは有耶無耶《うやむや》にしてここから逃《に》げるしかないだろう。

明日、同じように詰《つ》め寄られるかもしれないが、明日のことは明日の自分がなんとかしてくれるに違《ちが》いない。がんばれ！　明日の自分‼

未来の自分にそんなエールを送りながらセシリアが走り出そうとした、その時——

「なにしてんの、セシル」

「あ、ギル！」

ちょうど廊下《ろうか》を通りかかった彼に声をかけられた。

ギルバートは三人の状況《じょうきょう》とセシリアの背中に隠した服を見て、片眉をあげる。

そして、セシリアの手首を掴《つか》んだ。

「まったくもう。捜《さが》したんだからね」

「え⁉」

「俺が呼んだのはこっちの部屋でしょ。ほんと、いつまで経《た》っても方向音痴《おんち》なんだから……」

った。

ギルバートはリーンとヒューイに会釈《えしゃく》をした後、セシリアの腕《うで》を摑んで歩き出す。ヒューイがまだ何か言っているような気がしたが、ギルバートの歩みの速さに振り返ることができなかった。

「ってことで、失礼します」

「あ、おい！」


それから数分後、リーンの部屋から見えない位置にたどり着いたギルバートはセシリアの手首を離《はな》した。セシリアはすかさずギルバートに頭を下げる。

「ギル、助かった。ありがとう！」

「まったく。なにしてるの」

「いやぁ、私の部屋のシャワーが壊《こわ》れちゃってね。リーンの部屋のシャワーを借りに行ったら、ヒューイが……」

呆《あき》れたような彼の声にそう説明すれば、ギルバートは「あぁ」と一つ頷《うなず》いて納得《なっとく》した。セシリアにあまり落ち度がないと思ったのかその声には怒《いか》りは含《ふく》まれていない。

セシリアはがっくりと肩《かた》を落とす。

「さすがに大浴場は使えないし、もう今日はシャワーは諦《あきら》めるよ」

おかげで目もパッチリと覚めてしまった。疲《つか》れをとるという目的は果たせなかったが、今日はこれで我慢《がまん》するしかないだろう。

ギルバートは落ち込むセシリアを見下ろして、少し考えるように顎《あご》を撫《な》でた。

そして、さらりと爆弾《ばくだん》を落とす。

「俺の部屋のシャワー借そうか？」

「へ？」

一瞬《いっしゅん》だけ時が止まったような気がした。


「なんか、ごめんね。シャワー借りちゃって」

セシリアがそう言ったのは、ギルバートに助けてもらったその一時間後だった。

彼女は濡《ぬ》れた髪《かみ》の毛を拭《ふ》きながら、申し訳なさそうに眉を寄せる。

ソファーに座るギルバートは、本に落とした視線をあげることなく「別にいいよ」とページをめくった。

「あれは確かにどうしようもなかったしね」

「あはは……」

「それに、放《ほう》っておいたらもっと大変なことになっていただろうし……」

「大変なこと？」とセシリアが首をひねれば、そこで彼はようやく本から顔をあげる。

「セシリア、あのままだったら大浴場とかに突撃《とつげき》したんじゃない？」

「いやー、それはさすがに……」

「セシリアのことだから、一旦《いったん》は『我慢しよう』って結論になるんだけど、いつのまにか『人がいなかったらどうにかなるんじゃないか』みたいな思考にたどり着いて、『よし、みんなが寝静《ねしず》まった後にさっさと入っちゃおう!』って結論になりそうじゃない?」

「……なりそう……」

「でしょ?」

未来予知でもできるんじゃないかというぐらいの鋭《するど》さに、セシリアは驚《おどろ》いて目を見開いた。もしかしたら彼は、セシリア自身よりもセシリアのことをわかっている男かもしれない。

「だからまぁ、ここでリスク回避《かいひ》しとくほうがいいでしょ。もう一つのリスクの方は、どうとでもなるんだし」

「もう一つのリスク?」

「まぁ、セシリアは考えなくていいよ」

いつものようにそっけなくそう言って、ギルバートはため息をつく。その瞬間《しゅんかん》、「人の気も知らないで……」と彼の唇《くちびる》から転がり落ちたが、意味がわからなかったセシリアは、わずかに首をひねっただけだった。

「とにかく助かったよ。ありがと、ギル!」

ほっとしたような顔でセシリアは笑う。

その顔を見て、ギルバートは一瞬だけ目を見開き、再び本に視線を落とした。本を見下ろす彼の耳が、少し赤くなっているのは気のせいだろうか。前髪《まえがみ》で隠れた目尻《めじり》も、同様にほんのりと色づいているように見える。

そんな彼の様子を特に気に留めることなく、セシリアは彼の隣《となり》に腰掛《こしか》けた。

しかし、その距離《きょり》はいつもとは違い、少し離れている。いつもは身体《からだ》がくっつくほどにピッタリと腰掛けてくるのに、今二人の間には微妙《びみょう》な距離があった。

ギルバートはその距離に一瞬だけ視線を落とし、そしてセシリアを見る。

「ほんとごめんね。今更《いまさら》だけど、夏休みの時も助けてもらってたみたいだし」

「……まぁ」

「何かお礼できたらいいなって思うんだけど、なにも浮《う》かばなくってさー」

「お礼、ね」

おそらく、間は数秒も無かっただろう。

彼は本をソファー前のローテーブルに置くと、いつもの声音《こわね》で聞いたことのない言葉を吐《は》いた。

「それなら、抱《だ》きしめていい？」

「…………はい？」

意味がわからないというふうにセシリアはそう言って、僅《わず》かにギルバートから距離を取った。

「いいでしょ？　今まで何度やめろって言ってもそっちから散々抱きしめてきたんだから、今回もどうって事ないんじゃない？」

「いや、それは……」

どうってことはない……なんてことはない。

その証拠《しょうこ》に、先ほど洗い流したばかりの額に冷や汗《あせ》が滲《にじ》んでいるし、体温だって上がっている。見えていないのでわからないが、顔だって赤くなっているに違いない。

「それに最近、セシリア、あんまり前みたいに触《さわ》ってこなくなったから寂《さみ》しくて……」

「え⁉　さみ――」

「冗談《じょうだん》だよ」

ギルバートは吹《ふ》き出すようにして笑う。

「でも、肩透《かたす》かしくらってたのは事実だからさ。今日もあからさまに俺と殿下《でんか》のこと避《さ》けてるし」

「あはは……」

もう苦笑いしかできない。

確かにここ最近、ギルバートとオスカーを避けていたのは事実だ。無意識に恥《は》ずかしくて距離をとっていた訳ではなく、セシリアは意図的に二人から距離をとっていた。

好意を向けてくれる二人に、未《いま》だなにも返事ができない自分が、期待させるようなことをしてはいけないと思ったのだ。

セシリアなりの、誠意、のつもりである。

そんなセシリアの気持ちなどとうにお見通しな彼は、姉ではなく、年下の妹を見るような視線をセシリアに向ける。

「言っとくけど、誰《だれ》もそんなこと望んでないからね」

「えっと」

「言わないけど殿下も寂しがってたし、俺も物足りないし」

「物足りないって……」

「無理しなくても、いつも通りのセシリアでいいって言ったんだよ」

そう言って彼は立ち上がり、軽く両手を広げた。

「で、いいの？」

「えっと……どうぞ？」

今まで通り……と言われて断れるわけもなく、セシリアは立ち上がった。

その瞬間、セシリアの背中にギルバートの手が回る。

そのままゆっくりと抱きしめられる。暴れれば逃《のが》れられるほどの力で身体を引き寄せられ、セシリアは頬《ほお》を赤らめたまま硬直《こうちょく》した。

今までだったらセシリアの方からも背中に手を回すのだが、それはさすがにできない。

「ね、ねぇギル」

「なに？」

「確かに最近は意図的に避けてたけど！　今までのこともあるんだけど！　ちょっと、もう、こういうのは恥ずかしいです……」

なぜか負けたような気分でそう言うと、頭上でギルバートが吹き出す気配がした。

「緊張《きんちょう》してる」

「いやーあのー、さすがに、ね？」

自分のことを好きだとわかった相手に抱きしめられて、平常を装えるほど、セシリアの神経は図太くない。

「ま、意識してもらえてるようでよかったよ」

少し嬉《うれ》しそうな彼の声に、セシリアは申し訳なげに顔を俯《うつむ》かせる。

「あのさギル。私ね、まだ気持ちの整理が……」

彼の背中に回った手が少しだけ強くなった。

「大丈夫《だいじょうぶ》だよ。急かしてないから。セシリアの中で、俺が弟に見えるってのはわかってるつもりだし、それが数ヶ月でどうこうなるとは俺も思ってないよ。……それに、今までその気持ちに甘えていなかったと言えば、嘘《うそ》になるしね」

ギルバートはそこでようやくセシリアを離《はな》す。

「どっちを選んでもいいとか、ふってもいいとか、余裕《よゆう》のある台詞《せりふ》をはくつもりはないよ。だけど、やっぱり弟にしか見られないって言われても、恨《うら》まないから安心して」

今までの関係を壊《こわ》したくないからギルバートを選ぶ。

そんなことはしなくてもいいのだと、言われたような気分だった。

「リーンにさ、前言われたんだよね。『計算高い貴方《あなた》が嫌《きら》いだ』って」

「えー……」

「でもさ、やっぱり俺はどうやっても、小賢《こざか》しくて、狡《ずる》くて、目的のためなら手段を選ばない人間なんだよね」

「賢《かしこ》いね」

「腹黒いって言うんだよ、こういうのは」

なんでもいいように表現するセシリアに、ギルバートは困ったように笑う。

「俺の目的は、やっぱりどうやってもセシリアの幸せだからさ。そのためには、他人とか、自分の気持ちとか、セシリアの気持ちとか、割とどうでもいいんだよね」

「わ、私の気持ちも!?」

「まぁ。割とどうでもいいかも。……だから、しっかり悩《なや》んでちゃんと結論を出して。その上で俺を選んでくれたら、後悔《こうかい》はさせないからさ」

「なんか、……余裕があるなぁ」

かっこよくてちょっとドキッとしてしまったことや、自分の考えていることなど全《すべ》てお見通しなところが、ちょっと悔《くや》しい。そして、情けなかった。

「ま、好きな人の前だし、格好はつけるものでしょ？」

「ギルが振《ふ》り切ってるー！」

「今更《いまさら》隠《かく》しても、ねぇ？」

余裕のある顔で首をかしげられ、セシリアは唇を尖《とが》らせた。しかし、その拗《す》ねたような顔もすぐに面《おもて》から消える。次に、出て来たのは申し訳なさそうな表情だった。

「ギル」

「ん？」

「何も返せない私でごめんね」

「大丈夫。もう十分貰《もら》ってるから」

その優《やさ》しい響《ひび》きに、お礼を言えばいいのか、謝ればいいのか、セシリアはよくわからないまま「うん」と頷《うなず》くことしかできなかった。


修道女の幽霊《ゆうれい》が出る。

それは、神殿《しんでん》に勤める修道女たちの間で、最近囁《ささや》かれはじめた噂《うわさ》だった。

噂によるとその修道女の幽霊は、ランタンなどの灯《あか》りも持たずに、神殿を夜な夜な徘徊《はいかい》しているのだという。

幽霊の目的はわからない。ただ、姿を見たことのある修道女の話だと、彼女は爪《つめ》で壁《かべ》をカリカリと引っ掻《か》いたり、過去に人が死んだとされている、開かずの扉《とびら》の前で、何やらぶつくさと独り言をつぶやいていたりするそうだ。

「怖《こわ》いわね……」

人も獣《けもの》も寝《ね》静《しず》まった深夜。そんなふうに声を震《ふる》わせたのは、夜の見回りをしていた栗毛《くりげ》の修道女だった。その声に応《こた》えるのは、彼女とペアを組んだもう一人の修道女である。

「ばかね、あんなの噂に決まってるでしょ？」

「だとしても、怖いものは怖いじゃない！　ほら、あの陰《かげ》から幽霊がこっちを見てそう……とか思わない？　あっちの陰だって、誰かが潜《ひそ》んでいるように見えるし……」

「お、脅《おど》かさないでよ！　そんなふうに言われると、私だって怖くなるでしょ！」

二人は肩《かた》を寄せ合いながら歩く。

カリターデ教の教えでは、死んだものたちは皆《みな》、女神《めがみ》の住まう楽園に行けるとなっており幽霊なんてものは存在しないことになっている。しかしそれはそれとして、やっぱり得体の知れないものは怖い……というのが彼女たちの本音だった。

「もう、寝られなくなったらどうするつもりなのよ！」

「だって……」

栗毛の修道女がそう弱々しい声を吐《は》いた時だった。

二人の耳に、カツンッ……と、大理石を蹴《け》る音が届いた。一瞬《いっしゅん》、自分たちの足音かと思ったが、どうもリズムが違《ちが》う。これは、自分たち以外の足音だ。

二人は思わず足を止めた。

「え？　今日の見回りって、私たちだけよね？」

「そ、そのはずよ……」

声を震わせる二人は、知らず知らずのうちに手を握《にぎ》りあっていた。顔の血色は失われ、恐怖《きょうふ》で歯が鳴り始める。音は彼女たちの前方からしており、段々とこちらに近づいてくる。

カツーン、カツーン……

ゆっくりと、焦《じ》らすように。その足音は段々と大きくなっていく。

そうして、二人の持っているランタンが、暗闇《くらやみ》から歩いてくる人影《ひとかげ》の輪郭《りんかく》をゆっくりと浮《う》かび上がらせた。

その姿は――

「修道女……」

まごうことなき修道女だ。

トゥニカと呼ばれるくるぶし丈《たけ》のワンピースも、裾《すそ》の大きなウィンプルというベール状の頭巾《ずきん》も、彼女たちと同じものである。

そして、流れるような金糸の髪《かみ》。噂通り、ランタンなども持っていない。

二人は、互《たが》いをぎゅっと抱《だ》きしめあった。

「きゃ——」

「あら、こんばんは」

同時に発しそうになった叫《さけ》び声は、おっとりとした声に遮《さえぎ》られた。

二人は互いに互いを抱きしめあったまま、その声がした方を見る。

そこにいたのは——

「リーン様！」

神子《みこ》に呼ばれ、神殿に滞在《たいざい》していた神子候補者だった。

そして、彼女の隣《となり》には俯いた一人の修道女がいる。どうやら二人は、彼女のほうに驚《おどろ》いてしまったようだった。

怯《おび》えた様子の二人に、リーンが申し訳なさそうな声を出す。

「すみません、驚かせてしまいましたか？」

「い、いいえ！　大丈夫です！　それよりどうしたんですか、こんな夜中に！」

「実は、少し外の空気を吸いたくなってしまって」

リーンはそう儚《はかな》げに笑って、視線を落とす。

「神殿に勤める皆様《みなさま》の献身《けんしん》と、神子様の立派さを目《ま》の当たりにして、私なんかがこのまま神子候補を務めていていいのかと、少し、心配になりまして……」

「リーン様……」

「でも、一人で外に出るのは危ないでしょう？　ですから、彼女についてきてもらったんです」

リーンはそう言って、隣の修道女を手のひらで指した。すると彼女は会釈《えしやく》する。

俯いていてよく見えないが、見たことがない顔だ。おそらく新入りだろう。

神殿に勤める修道女は多く、全員が全員顔見知りというわけでもない。

「そうなんですか。それでは、お気をつけて」

「はい、ありがとうございます。少し風に当たったら帰りますので……」

二人は、前からやってきた人物が幽霊ではなかったことにほっと胸を撫《な》で下ろしながら、リーンと金髪《きんぱつ》の修道女に道を譲《ゆず》るのだった。


「助かったー！　ありがとうリーン」

「どういたしまして。にしても、あそこで叫び声をあげられなくて良かったわね」

「ほんとだよ」

ほっと胸を撫で下ろすのは、金髪の修道女こと、セシリアだ。

そう、二人は『選定の剣《けん》』を回収する作戦の真っ最中だった。

「というか、よく修道女の服を手に入れられたよね」

「あぁ、それ？　そういう服とか保管してる倉庫を見つけてね。セシリアと合流する前にちょっと拝借してきたのよ」

「拝借って……」

ありがたいが、ちょっと危険な綱渡《つなわた》りである。もし、他《ほか》の人に見つかったらどうするつもりだったのだろうか。まぁ、彼女ならばなんとかしてしまうのだろうが、話を聞いていると頬《ほお》に嫌《いや》な汗《あせ》が伝ってきてしまう。

そんなセシリアの心配などは露知《つゆし》らず、リーンは『選定の剣』のある地下室への行き方を記した紙を見ながら、ふと思い出したかのように首をかしげた。

「そういえば、今回ギルバートは不参加なの？」

「あ、うん。ギルには、他のメンバーの足止め頼《たの》んでるの。『セシルがいない！』って捜《さが》されたら面倒《めんどう》だからね」

「あー、それは確かに必要な人員ね」

今回の鬼門《きもん》はジェイドだ。

彼は誰《だれ》よりもこの旅行を楽しみにしており、昼間観光に行った時は「今日の夜はみんなでボクの部屋に集まってボードゲームしようよ！」なんて言ってはしゃいでいた。セシリアは「今日は疲《つか》れたから遠慮《えんりょ》しとくね」とその誘《さそ》いを丁重《ていちょう》に断ったのだが、ジェイドがいつ何時「セシルの様子見てくるね！」と部屋に突撃《とつげき》してくるかわからない。

そういった事態への対策のためにギルバートには残ってもらっていたのだ。

なので彼は今、みんなと一緒《いっしょ》にジェイドの部屋にいる。

「そうでなくても、もともとギルには廊下《ろうか》でみんなの部屋の見張りを頼むつもりだったんだけどね」

「そうなの？」

「うん。ほら、偶然《ぐうぜん》でもこんな姿を他のメンバーに見せるわけにはいかないでしょ？　ダンテはいいとして、オスカーとかジェイドに見られたらバレちゃいそうだし……」

セシリアの言葉に、リーンは何か考えるように下唇《したくちびる》を撫でた。

「あのさ。一応聞いておくんだけど、今更《いまさら》オスカーに黙《だま》ってる必要あるの？」

「え？」

「もうさすがに『男装がバレたらオスカーに殺される！』とか、思ってないんでしょ？　ゲームの中のオスカーならまだしも、今のオスカーよ？」

「それは……」

思ってはいない。思ってはいないが、それこそ今更ではないだろうか。

今までセシルは、男同士として、友人として、オスカーに接してきた。なのに今更『女でした！　これからもよろしくね！』とは言えるはずがない。

（それに、殺されはしないだろうけど、嫌《きら》われちゃうだろうしな……）

顔見知り程度ならいざ知らず、オスカーとはそれなりに仲良くやってきているつもりだ。そんな相手からこんな重大な隠《かく》し事をされていたと知ったら、いくらオスカーだって、当然いい気はしないだろう。

「ま、黙っていたいなら別にいいけどね。言う必要もないわけだし！」

『言う必要もない』

その言葉に背中を押されるまま、セシリアは「うん」と一つだけ頷《うなず》くのだった。


それから二十分後、二人の姿は神殿《しんでん》の奥の廊下にあった。

倉庫のような部屋が並ぶそこは、人の気配が全くない。

リーンはセシリアから受け取った紙を見ながら、自身のいる場所を確かめる。

「奥から三番目。この花瓶《かびん》の横にある石畳《いしだたみ》を三回踏《ふ》む……と……」

彼女はそう呟《つぶや》きながら、花瓶の横にあった石畳をしっかりと踏みつける。

一回、二回、三回……。すると、三回目で石畳が大きく凹《へこ》んだ。そして、目の前の壁《かべ》がゴゴゴ……と大きな音を立てて、一度沈《しず》み込み、横にずれていく。

隠し扉《とびら》だ。そして、その先に現れたのは――

「階段……！」

地下に通じる階段だった。おそらく、この先に『選定の剣』があるのだろう。

二人がその入り口に足を踏み入れると、左右にランタンが置いてあった。グレースの指示通りに、持ってきた火打ち石でランタンに火をつけると、扉は自然と音を立てて閉まっていく。

どういう仕組みなのかはわからないが、すごいからくりだ。

そのランタンを握《にぎ》り締《し》めながら、二人は階段を下りていく。

階段は螺旋《らせん》状になっていた。二人が下りるたびにカツーンカツーンと足音が反響《はんきょう》する。

「なんか忍者屋敷《にんじゃやしき》みたいだね」

「というか、RPGのダンジョンって感じじゃない？」

どうして先人が、こんな仕掛《しか》けを作ってまで『選定の剣』を隠したかったのかはわからないが、何にせよ執念《しゅうねん》のようなものを感じる。

セシリアは最後の確認《かくにん》というようにリーンを振《ふ》り返った。

「この先の台座に灯《あか》りをともしたら、最後の扉が開くんだよね？」

「……」

「リーン？」

「え？　あ、うん！　そのはずよ！」

「どうしたの？　なにかあった？」

心ここに在らずといった感じでランタンを見つめていたリーンを、セシリアは覗《のぞ》き込む。すると、リーンは難しい顔でセシリアの持つランタンを指さした。

「ねぇセシリア。ちょっと私、おかしなことに気がついちゃったんだけど……」

「おかしなこと？」

「これ見て。ランタンの屋根部分」

言われるがままにランタンを見下ろす。しかし、セシリアの視線の先にあるのは何の変哲《へんてつ》もないランタンだ。なにがおかしいのか、少しもわからない。

「これがどうしたの？」

「埃《ほこり》が積もってないの」

「え？」

「こんな風に隠されていた場所なのに、このランタンには埃が積もってないの。まるで最近誰かが使ったみたいに綺麗《きれい》なのよ」

「それって――！」

嫌な予感が一瞬《いっしゅん》頭を過《よぎ》った。でもまさか、そんなはずはないとセシリアは思い直す。

「でもここって、ゲームの中ではヒロインが見つけるまで誰も入ったことがない場所なんだよ？」

「そう、よね。そのルールに従うなら、私たち以外、誰もここに立ち入ることができないはずなんだけど……」

冷や汗が頬を伝う。

ゲームのヒロインのように、誰かが偶然、この場所を見つけてしまった……という可能性はゼロではないだろう。ただその場合、伝説の『選定の剣』が見つかった、と大々的に発表されているだろうし。その情報が当事者であるリーンやセシリアの耳に入っていないのは、どうにもおかしい。

「ちょっと、急ぐわよ！」

「うん！」

二人は階段を駆け足で下りる。

そして、下りた先にある小さな台座には――

「火が灯ってる……」

「セシリア、こっち！」

いつのまにか先に進んでいたリーンがセシリアを呼んだ。

呼ばれた方向に走っていくと、そこには開け放たれた石の扉がある。そして、リーンはその扉の先にいた。

「やられたわね……」

その呟きにセシリアはリーンが見ている方向に視線を向けた。

視線の先には、女神《めがみ》らしき像がある。その下には、短剣《たんけん》の形に窪《くぼ》んでいる台座があった。おそらく、そこに『選定の剣』は置いてあったのだろう。

「誰《だれ》が……」

セシリアがそう困惑《こんわく》した声を出した瞬間《しゅんかん》、足先に何かが当たった。視線を落とすと、何かきらりと光るものがある。セシリアはしゃがみ込み、それをつまみ上げた。

「これって……イヤリング？」

そのイヤリングにセシリアはどこか見覚えがあった。しかし、どこで見たのかはなかなか思い出せない。答えをくれたのは、ここまで一緒《いっしょ》についてきてくれた親友だった。

「それって、ジャニス王子のイヤリングじゃない？」

「あ！」

「もしかして、ジャニス王子が？」

リーンの言葉に、二人は互《たが》いの顔を見つめた。

～閑話～　たまには男同士で。

セシリアたちが地下室でジャニス王子のイヤリングを見つける少し前の話。

ギルバートを含《ふく》む男性メンバーは、ジェイドの「みんなで一緒にボードゲームしようよ！」という呼びかけにより、彼の部屋に集まっていた。

メンバーはジェイド、ギルバート、オスカー、ヒューイ、ダンテの五人。ヒューイとギルバートは仕方なくといった感じで、乗り気なのはダンテとジェイド。オスカーはそのどちらでもなく、付き合いで……、という態度だった。

円卓《えんたく》に座るジェイドの足元には、彼自身が集めた各国特有のボードゲームが高々と積み上げられている。貿易等でいろんな国を訪《おとず》れることが多いジェイドは、BOYSがLOVEする趣《しゅ》味《み》にハマる前は、ボードゲームの収集に熱を上げていたらしい。今回の旅行にも、彼はいろいろな国のボードゲームを持ってきたようだった。

「ボードゲームって、その国の風習とか文化がよく表れているから、集めといて損はないんだよね。あと、ゲームを交えると仕事の話も円滑《えんかつ》に進むし」

というのは、みんなを部屋に迎《むか》え入れた時の彼の言葉だ。

そんな自慢《じまん》のボードゲームを背後に積み重ねたまま、ジェイドは口を開く。

「どうせ集まったんだから、こんな時にしかできない話がしたいよね！」

「みんなでボードゲームするんじゃなかったのか？」

「ボードゲームもするよ！　でも、この際だからいつもよりも深い話ができたらいいなぁって！」

はしゃいだような声を出すジェイドに、オスカーは片眉《かたまゆ》を上げた。

「しかし『こんな時にしかできない話』って、何かあるか？」

「というか、俺たち寮生活《りょうせいかつ》なんだから、こういう状況《じょうきょう》、あんまり珍《めずら》しくないだろ」

そう渋《しぶ》ったような声を出すのはヒューイだ。ギルバートも「ですね」と一つ頷《うなず》く。

「もー、みんなノリ悪いなぁ！」

「そうは言うが、一体なにを話せばいいんだ？　話すテーマのようなものがあればまだわかるが……」

「えー！　それじゃ、みんなの好きな人とか？」

瞬間、オスカーは咳《せ》き込む。ヒューイも嫌《いや》そうな顔で「……女子かよ」とうめいていた。その反応を受けてか、ジェイドは急に眉間《みけん》に皺《しわ》を寄せて、首を振った。

「あー、でもやっぱりやめる！　好きな人とかはなし！」

「ん？　なんで？」

ダンテが首を傾《かし》げる。するとジェイドは真剣《しんけん》な顔で額に手を当てた。

「ほら、やっぱり公式から正式な発表があるとさ。こう、マイナー勢としては辛《つら》いものがあるでしょ？　妄想《もうそう》だけでも自由でいるために、あえて公式の発表は無視するのも一つの手というか……」

「ギルバート、ジェイドが何を言ってるかわかるか？」

「……さっぱりですね」

「ジェイドって、リーンちゃんにすっかり毒されちゃったよね」

オスカーとギルバートの困惑した声を背景に、ダンテがカラカラと笑う。

もちろんジェイドの言う公式というのは、ギルバートとオスカーのことである。彼はギルセシ、最近ではギルオスを推《お》しているので、二人の発言は公式扱《あつか》いになってしまうのだ。

ダンテの声を聞きながら、ジェイドは残念そうな顔で机に突《つ》っ伏《ぷ》した。

「この際にみんなとの仲を深めておきたいって考えてたんだけど、やっぱり難しいなぁ」

「ま、無理に話をしようとしなくても、ボードゲームでいいじゃないですか。やっているうちに話したいことも見つかるかもしれませんし」

「だな。それに、そこまでしなくても、俺たちはもう十分仲がいいと思ったが……」

「オスカー！」

ジェイドがそう感動したような声を出した時だった。

「あ！　俺、いい話題思いついちゃった！」

そうダンテが声を上げた。機嫌《きげん》のいい声に何かを感じとったヒューイが、眉間に皺を寄せる。

「いい感じにまとまりかけてるのに、なに思いついてんだよ……」

ダンテはそんな呟《つぶや》きを無視して声を大きくした。

「これぞ男同士でしかできない会話！　仲を深めるのにもってこいの話題だよ！」

「なにそれ？」

ジェイドは、生き生きとした顔でダンテの方に身を乗り出した。そんな彼に、ダンテはさらに口角を上げる。

「女の子の好きな部位！」

「ぶい？」

「ほら、胸とか……」

「反対！」

そうピシャリと言ってのけたのはギルバートだ。彼は頬《ほお》を引きつらせながら、ダンテに軽蔑《けいべつ》の目を向ける。

「どうして貴方《あなた》は、そういう方向にばかり話を持って行こうとするんですか？」

「えー、面白《おもしろ》いから？」

「お前は人を玩具《おもちゃ》にして遊ぶ癖《くせ》をもう少し直せ」

オスカーにまでそう窘《たしな》められ、ダンテは「えー」と口をすぼめる。しかし、それで諦《あきら》めないのが彼のいいところでもあり、悪いところだ。

「じゃぁ、女の子の好きな仕草とか？　上目遣《うわめづか》いとか、髪《かみ》の毛を掻《か》き上げたりする仕草とか、いろいろあるでしょ？」

「あ、それならボクもわかるよ！」

手を挙げたのは、先ほど「ぶい？」と首をひねっていたジェイドだ。ようやく話に入れて嬉《うれ》しいのだろう、彼は顔をほころばせている。

「ボク、女の子が結んでた髪の毛を、ほどくところとか好きだなぁ」

「あ、それもわかる！　逆に髪の毛を結ぶときも色っぽくっていいよね！」

「うんうん！　眠《ねむ》たそうに目を擦《こす》るのも可愛《かわい》いよね！」

「確かに！　自分にしか見せてくれない表情って、可愛く思えちゃうよねー！」

性格はまったく違《ちが》うのにこういう時のノリだけはしっかりと合う二人である。

ダンテは次に、しらけた顔で二人を見ていた弟分に話を振《ふ》る。

「で、ヒューイは？」

「は？」

「だから、『女の子の好きな仕草』！　なしは禁止で！」

その質問に彼はしばらく嫌そうな顔をしていたが、これはもう逃《に》げられないと悟《さと》ったのだろう、小さな声で「……笑顔《えがお》とか？」と呟いた。

それを聞いた兄貴分は——

「あはは！　無難過ぎてウケるー！」

と爆笑《ばくしょう》した。その反応に、ヒューイの頬が羞恥《しゅうち》で少しだけ赤くなる。

「いやだって、仕草だって言ってるのに、『笑顔』って！　つまりリーンちゃんが笑ってくれるならそれでいいって事？　やーん、純愛！　かわいいねぇ」

「……ダンテ、お前。この学院に入ってホント、バカになったよな」

小刻みに震《ふる》えながらそう言うヒューイに、「ごめん、ごめん」と、ダンテはまったく悪びれる様子がない。そして今度は、その魔《ま》の手がオスカーとギルバートに伸《の》びる。

「そこの二人は？　ギルとか、さっきのヒューイとは逆に、女の子の泣き顔好きそうだよねー」

「はぁ？」

いわれのない評価にギルバートが声を大きくさせると、先ほどまでダンテに揶揄《からか》われていて、こちら側だと思っていたヒューイが、急に手のひらを返してくる。

「それはわかる。好きな子いじめてわざと泣かしそうな感じはあるよな」

「ギルの場合、『いじめて』って言うより『言い負かして』って感じじゃない？」

まさかのジェイドの援護《えんご》射撃《しゃげき》だ。

その援護射撃が効いたのか、調子に乗ったダンテは更《さら》に言葉を重ねた。

「正論ぶつけて泣かせたのは自分のくせに、それを優《やさ》しく慰《なぐさ》めたりするんだよね？　ギルってば、ひどーい！」

「そう考えると確かにひどいよな」

「でも、泣かせすぎたせいで好きな子が離《はな》れていくと、それはそれで怒《おこ》るんだよね。愛情の裏返し……、飴《あめ》と鞭《むち》の応酬《おうしゅう》……、執着《しゅうちゃく》と愛情と憎悪《ぞうお》……。ちょっとまって！　ヤバい！　創作が捗《はかど》る!!」

一人だけおかしな方向に情熱を滾《たぎ》らせてしまっているジェイドである。

そんな一同の反応に、さすがのギルバートも声を荒《あら》らげた。

「失礼ですね！　俺がそんなことするわけがないじゃないですか！」

そして唯一《ゆいいつ》、何も言葉を発していないオスカーに視線を移す。

「殿下《でんか》からも何か言ってください。この中では貴方が、一番付き合いが長いんですから……」

「お前、だからセシリアに……」

「……殿下？」

まさかの裏切りである。

オスカーは口元を押さえたまま、信じられないといった表情でギルバートを見つめている。

もちろんギルバートがセシリアに厳しいのは、彼女の泣き顔が好きだからじゃない。単に彼女がいつも危なっかしいからだ。彼女の泣き顔は確かに可愛いと思うが、それとこれとは話が別だし、彼女を叱《しか》る理由に別に泣き顔は関係ない。――多分。

「で、オスカーはどうなの？」

ギルバートがわずかに自分の性癖《せいへき》を疑いだすのと同時に、話題が隣《となり》の彼に移る。

名指しされたオスカーは「俺か？」と自身を指し、考えるように腕《うで》を組んだ。

「仕草と言われてもな……」

「じゃぁ、セシリアさんがしたら可愛いと思う仕草で考えたら？」

「セシリアが？」

自分の婚約者《こんやく》の名前が出てきて、オスカーの顔が上がる。先ほどまでまったく興味がなさそうだったが、今は少し関心が出てきたようだ。

そんなダンテとオスカーのやりとりを見ながら、ジェイドがヒューイに耳打ちをする。

「セシリアさんって、あのセシリアさんだよね？　ギルのお姉さんで、この間会った……」

「ま、そうだろうな」

「そっか、よく考えたらあの人オスカーの婚約者なのかー。結構綺麗《きれい》な人だったよね……」

「お前からしたら、やっぱりショックなのか？」

ギルオス好きという彼の嗜好《しこう》を考慮《こうりょ》したヒューイの発言に、ジェイドはゆっくりと首を振る。

そして、胸をドンと叩《たた》いた。

「あ、ううん。大丈夫《だいじょうぶ》！『婚約者』と書いて『当て馬』だって読むぐらいの心の広さは持ち合わせてるから！」

「それは『心の広さ』なのか？」

「『マイナー勢は許容値が高くないと、いろいろ詰《つ》むわよ！』ってのが、リーンの教えだよ！」

「……何教えてんだアイツは……」

呆《あき》れたようにそう言うヒューイの側《そば》で、オスカーは『セシリアの好きな仕草』について頭を悩《なや》ませる。そんな彼をダンテは覗《のぞ》き込んだ。

「こう、されてドキッとした仕草とかないの？」

「それは……」

「発言とか、行動とか」

ダンテの発言に何かを思いだしたのか、オスカーの頬が赤くなる。それと同時に、ギルバートが気色ばんだ。想像でさえも許さない構えである。

そして数分後、熟考したオスカーは、頬を赤らめたままこう発言した。

「まぁ、手を握《にぎ》られたりするのは、悪い気分ではないな……」

「手？」

「案外普《ふ》通《つう》だな」

悩みに悩んだのだから何か面白い発言でも来ると思っていたのだろう、ジェイドとヒューイは拍子抜《ひょうしぬ》けしたようにそう口にする。

しかし、そんな二人にダンテは人差し指を立て、横に振った。

「ノンノン！　オスカーはそんなことを言いたいわけじゃないよ。友人である俺にはわかるね！」

「どういうことだ？」

「つまり、オスカーが言いたいのはボディタッチだよ」

「ボディタッチ？　女の子が触《さわ》ってくるのが好きってこと？」

「あぁ、そういうことか？」

首を傾《かし》げるジェイドと侮蔑《ぶべつ》を含《ふく》んだヒューイの視線に、オスカーは狼狽《うろた》える。

「いや、そういう意味で言ったわけでは……！」

「『女の子の好きな仕草』にボディタッチを挙げちゃうだなんて。オスカーって本当にむっつりだよねー」

「いい加減にしろ、ダンテ！　人をおちょくるのも大概《たいがい》に……！」

「……殿下、後で俺の部屋に。お話ししたいことがあります」

黒い笑みでそう言うのはギルバートだ。そんな彼にオスカーは戦《おのの》く。

「違う！　そういう意味で言ったんじゃないからな！　ギルバート！」

「言い訳はあとでじっくり聞きます。それに俺は、裏切り者の言葉に耳は貸さないようにしているので……」

「だから――」

ギルバートが怒《おこ》り、オスカーが言い訳を重ね、ダンテが煽《あお》る。ジェイドとヒューイは時に笑ったり援護射撃をしながら、それなりに楽しく、彼らの夜は更《ふ》けていった。

第二章　『選定の剣』を取り戻すには？

神殿《しんでん》で『選定の剣《けん》』を回収し損ねてから二日後、セシリアの姿はヴルーヘル学院の研究棟《とう》、その中にあるグレースの部屋にあった。

「つまり、ジャニス王子が我々よりも先に『選定の剣』を確保してしまった可能性があると？」

「うん」

渋《しぶ》い顔で顎《あご》を撫《な》でるグレースに、項垂《うなだ》れるセシリア。グレースが普段《ふだん》作業しているだろう机には、セシリアたちが拾ったイヤリングがあった。

何かを考えている様子のグレースに、セシリアは身を乗り出す。

「ちなみにゲームで、こういうストーリーはあったりした？」

「いいえ、ありません。そもそもゲームでは『選定の剣』の存在自体が不確かなんです。ヒロインが見つけるまで短剣という事以外、形もほとんどわからなかったし、用途《ようと》も使い方も、現段階ではモードレッド先生しか知らないはずです」

つまり、セシリアたちのような転生者以外、『選定の剣』の隠《かく》し場所も使い方もわからないということだ。

「つまりジャニス王子も……？」

「それはわかりません。ただ……」

「ただ？」

「降神祭の日、モードレッド先生の部屋に何者かが侵入《しんにゅう》し、レポートを盗《ぬす》み出した形跡《けいせき》があったんです」

「え⁉」

それは初耳だった。グレースたちが気づいたのも、あの騒動《そうどう》の後だったらしい。

レポートの内容は『障《さわ》りの発生源について』。その中に『選定の剣』のことも、その使用方法についても書かれてあったそうだ。

「レポートは隣《となり》の研究室から見つかり、犯人もその部屋を使用していた研究者ということになったのですが……。もしかすると、真犯人はジャニス王子の手の者だったのかもしれませんね」

ちなみに、犯人だとされている人物はもうすでに捕《つか》まっているようなのだが、犯行は否認《ひにん》しているらしい。

「つまり、降神祭の騒動はそのために引き起こされたってこと？」

「さすがにそこまでは断言できません。しかし、神子《みこ》候補を亡《な》き者にするという目的の裏に、そういう企《たくら》みが隠されていた可能性はありますね」

グレースは、机に置いてあったイヤリングを持ち、灯《あか》りに翳《かざ》した。

「この国で『障り』の研究をしている者は数少ないですし、『障り』を操《あやつ》れるジャニス王子としては、情報を集めておくに越《こ》した事はない。もしかすると、ジャニス王子としても『選定の剣』のことは、寝耳《ねみみ》に水だったのかもしれませんね」

いきなり飛び込んできた『障り』を完全に祓《はら》えるかもしれないアイテムの存在。

ジャニス王子の立場ならば、確かにそれは脅威《きょうい》だろう。血眼《ちまなこ》になってでも探し出そうとするはずである。

グレースの説明に頷《うなず》きつつも、セシリアは疑問を口にする。

「だけどどちらにせよ、レポートに書いてあったのは『選定の剣』の使い方だけなんだよね？隠されていた場所は、どうやって知ったんだろう……」

「そのことに関してはセシリアさんが言っていた通り、ジャニス王子が、実は私たちと同じ転生者だった……という可能性もないことはないですが。隠し場所が記載《きさい》されている古い書物などを、モードレッド先生や私たちよりも先に彼らが入手していた……と考える方がより現実的かもしれませんね」

グレースはセシリアの疑問にそう答えると、イヤリングにむけていた視線をそのままセシリアに滑《すべ》らせた。

「もしこのまま、セシリアさんが『障り』を完全に祓いたいと願うなら、やることは一つです」

「一つ？」

「次に神殿に行ける機会——つまり、選定の儀《ぎ》を終える三月末日までに、ジャニス王子から『選定の剣』を取り戻《もど》すんです」


「って言われてもなぁ……」

研究棟でグレースに相談をしてから三日後。放課後。

セシリアは中庭のベンチでそうぼやいていた。彼女を見下ろす空は見事な秋晴れで、頬《ほお》を撫でる風はどことなく冷たい。さすが十一月も後半である。

セシリアは俯《うつむ》けていた顔を上げると、ほぉっと息をついた。

「とりあえず、ジャニス王子を見つけないといけないんだけど。どこにいるのかも見当がつかないし、どうやって捜《さが》せばいいのかもわからないしなぁ……」

グレースは『ジャニス王子から「選定の剣」を取り戻せ』と簡単に言ってのけたが、セシリアはジャニス王子と繋《つな》がりなどないのだ。王子としての彼に会ったこともなければ、正体を知らず言葉を交《か》わしたのもこの間が初めてである。

当然、彼がこの国で使っているだろう偽名《ぎめい》も知らないし、どこに潜《ひそ》んでいるのかもわからない。もしかすると、今は自国に戻っている可能性だってある。

（ギルが捜してくれるって言ってたけど、あれから進捗《しんちょく》ないみたいだし。私にも何かできることないかなぁ）

そうは思うが、ギルバートからは『そのことに関しては俺が調べてくるから、セシリアは動かないで待っていて』と釘《くぎ》を刺《さ》されていた。どうやらギルバートは、ジャニス王子のことを相当警戒《けいかい》しているらしい。

ジャニス王子が危険な人間だということも、ギルバートが心配してくれていることもわかるのだが、このまま一人のうのうと待っているだけ……というのは、セシリアの性格上、なかなかに難しかった。

（ギルに心配させないようなことで、何か手がかりが摑《つか》めたら――）

そう思った時だった。

「何やってるんだ。セシル」

物思いに耽《ふけ》っていたセシリアはその声ではっと我に返る。声のした方を見ると、こちらに向かって二人の生徒が歩いてきているのが見てとれた。

幼さの残る同じ顔に、左右対称《さゆうたいしょう》の編み込み――

「アイン！　ツヴァイ！」

「久しぶりだな」

「久しぶりだね」

片手を上げるアインに、困ったように笑うツヴァイ。

セシリアはベンチから立ち上がると、二人のもとに駆《か》け寄った。

「わぁ、なんか久しぶりだね！　二人とも実家、大丈夫《だいじょうぶ》だった？」

セシリアがそう心配そうな声を出すのには訳があった。

実は、あの降神祭の騒動の後、二人は実家に呼び出されていたのだ。というのも、アインとツヴァイの父親であるマキアス侯爵《こうしゃく》は、リーンからの招待もあり、息子《むすこ》が出る舞台《ぶたい》をお忍《しの》びで見にきていたのだ。しかしタイミング悪く、その日はたまたまツヴァイが暴走してしまった日だったらしい。

突然《とつぜん》中止になる舞台に、ざわめく舞台裏。

これをマキアス侯爵が、不思議に思わないわけがなかった。

「まさか、セシルを捜しているところを、親父《おやじ》に見られてるとは思わなかったわー。話は根掘《ねほ》り葉掘り聞かれるし、ツヴァイは殴《なぐ》られるし……」

「殴られた!?　ツヴァイ、大丈夫なの？」

「うん。平気だよ」

そう言いながらも、ツヴァイは左頬《ひだりほほ》を撫でる。きっと、殴られた時のことを思い出しているのだろう。ツヴァイの頬は痣《あざ》にこそなっていないものの、少し赤くなっていた。唇《くちびる》の端《はし》も赤いので、もしかしたらその時に少し切ったのかもしれない。

そんな痛々しい弟を隣に、アインは明るい声を出す。

「でもまぁ、それぐらいだったよ。親父も親父で思うところがあったのかもしれないな。ツヴァイのこと殴ったあと『お前を不安にさせて悪かった』って、呟《つぶや》いてたからさ。あと、『障り』に侵《おか》されていたせいってのもあるし……」

「そっか」

「あと、セシルがあらかじめ手紙を送ってくれていたのも大きかったんだと思う。……ありがとな、あれは助かった！」

「うん。セシル、ありがとう」

二人からの礼を受けて、「そんな！　大したことはしてないよ！」とセシリアは顔の前で手を振《ふ》る。

セシリアは二人が実家から呼び出しを食《く》らったと聞いたその日に、マキアス家に手紙を書いていたのだ。内容は『自分は大丈夫だから、二人から何を聞いても怒《おこ》らないでやってほしい』という、情状酌量《しやくりよう》を願うものだった。自分の手紙にどれだけの効果があるのかわからなかったが、やらないよりはマシだと思ったのである。

「そういえば。親父、今度セシルの家に謝りに行きたいって言ってたぞ？」

「……え？」

「いつごろがいいか都合を教えて欲しいってさ」

セシリアは頬を引き攣《つ》らせる。

これは困った。謝りにこられても、セシルの実家などどこにもないのだ。あるのはセシリアの実家であるシルビィ家だけである。

セシリアは頬に冷や汗《あせ》を滑らせながら首を振った。

「えっと、それは遠慮《えんりょ》しとくね」

「なんで？」

「侯爵様を招けるような家じゃないからさ！　こっちも気を遣《つか》っちゃうし！　お父さんには『気にしないでください』って伝えておいて！」

「……まぁ、そっちの方がいいなら、そう言っとくけどさ」

アインの答えに、セシリアはほっと身体《からだ》の力を抜《ぬ》いた。

何にせよ、二人が無事でよかった。ツヴァイなんて実家に帰る前は「もう会えないかもしれないけど、元気でね」なんてことを言っていたのだ。

せっかく仲良くなれたのに、こんなところでさよならだなんて寂《さび》しすぎる。

「それより、お前の方は大丈夫だったのかよ」

「俺？」

アインの言葉に、セシリアは自身を指さしながら首をひねる。

すると彼は、片眉《かたまゆ》を上げながら腕《うで》を組んだ。

「あの二人に、あれからなんか言われなかったのか？」

「二人？」

「ギルとオスカーに、だよ」

一連の騒動《そうどう》を経て関係が深まったのか、アインは気軽に二人をそう呼ぶ。

聞き慣れた二人の名前が出て、セシリアは納得《なっとく》したような声を出した。

「あぁ、うん！　あれから結構叱《しか》られちゃったりとかしたけど、大丈夫だよ！」

「叱られた？」

「あの食事会の後、小一時間ぐらい、ね。でも、それだけ心配させちゃったってことだから、俺も反省しないと……」

そう言いながらも、もし過去に戻《もど》るようなことがあっても、彼女はまた同じように行動してしまうだろう。あの件に関しては、反省はしているが、後悔《こうかい》はしていないセシリアである。

「それでも僕らと変わらず話してくれるのがセシルだよね」

「二人といるの、楽しいからね！」

そう言って笑うと、アインとツヴァイは同じタイミングでくしゃりと顔を歪《ゆが》ませた。

「あ。そういえば、どうして二人はここに？」

話を切り替《か》えるようにセシリアがそう問えば、アインとツヴァイは顔を見合わせる。そして、何かを確かめるように同時に頷《うなず》いた。

「セシルを捜してたんだよ」

「俺を?」

「お前には、ちゃんと話しておこうと思ってさ」

二人のまとう空気が少しだけ重くなる。

「実家に帰ったときに、親父や使用人のみんなに聞いたんだよ。……五年前、カディおじさんの家に泊《と》まってた、ジャニス王子に似た人物のこと」

アインの言葉にセシリアは息を詰《つ》め、大きく目を見開いた。

「奴《やつ》の名前はジル・ヴァスール。年齢《ねんれい》は当時十八歳。アーガラムに行く途中《とちゅう》だと、知り合った人間には話していたそうだ」

五年前で十八歳という事は、現在二十三歳。年齢もジャニス王子の年齢にぴったりと当てはまる。

アインの言葉を引き継《つ》ぐようにして、今度はツヴァイが口を開いた。

「そのジルって人がカディおじさんの家でお世話になったのは、母さんが殺される日の二日前からだったらしい。出て行ったのは母さんが殺されたその日。……五年前のことだけど、みんな鮮明《せんめい》に覚えてくれてたみたい」

当時のことを思い出しているのか、ツヴァイの眉間《みけん》には皺《しわ》が寄っている。しかし、その顔は以前のように頼《たよ》りなげではなかった。しっかりと事実を受け止め、話をしているように見える。

もしかしたら前回の事件を通じて、ツヴァイ的にも何か思うところがあったのかもしれない。

「それと、ここからは親父に頼《たの》んで調べてもらった情報なんだけどな。隣国《りんごく》のノルトラッハに通じる北の関所が一つ買収されていたらしいんだ。お金をもらった役人の話だと三ヶ月ほど前に、男を二人、秘密裏《ひみつり》に通したらしい」

「もしかして、その男が？」

「あぁ、ジル・ヴァスールだ。本人も『ジル』と名乗っていたらしい。で、もう少し詳《くわ》しく話を聞いたところ、俺たちが出会ったジャニス王子と特徴《とくちょう》が一致《いっち》した」

セシリアは身の毛が弥立《よだ》つ思いがした。

これで、ジャニス王子の偽名《ぎめい》が判明したことになる。偽名さえわかれば、居場所を特定するのはそこまで難しくない。

問題があるとするならば、それは、時間だろう。

(場所を特定したら、すぐさまおさえないと……)

ジャニス王子が宿を転々としているのならなおさらだが、一つの場所に長く滞在《たいざい》していたとして、それでも限度があるだろう。宿は突《つ》き止めたが、実際に行ってみたらもう出て行ったあとだった……というのは避《さ》けたい事態である。

二人もそんなふうに考えていたのだろうか、アインはさらに言葉を重ねた。

「実は、ジャニス王子が泊まっているだろう宿はもう突き止めてある」

「え⁉」

「北の関所にそいつから手紙が届いたんだよ。『あの時は助かった。ありがとう。もうじきまたそちらでお世話になるから、その時はよろしく』って」

「手紙がどこから来たのか辿《たど》ったら、このアーガラムに宿をとっていることが今朝、わかったんだ」

そう言いながらツヴァイは、ジャニス王子から届いたというその手紙をセシリアに見せてくれる。

セシリアはそれを手に取り、中身を確かめた。封筒《ふうとう》の中には便箋《びんせん》のほかに、もう一つ小さなものが入っていた。彼女は封筒を傾《かたむ》け、もう片方の手のひらにそれを出す。

「これって、――指輪？」

「うん。手紙と一緒《いっしょ》に送られてきたんだ。孔雀石《くじやくいし》でできた指輪みたい」

その言葉に、セシリアは緑色の石がついた指輪を太陽に掲《かか》げた。綺麗《きれい》だが、見たところそんなに高価なもののようには見えない。お金の代わりに同封した……というわけではなさそうである。

「んで、ここからが本題。……俺たちは今から、そいつに会いに行こうと思ってる」

「え？　い、今から⁉」

「うん。会って、カディおじさんのことを聞こうと思うんだ。やっぱりどう考えても、あの件はおかしいところが多すぎる。おじさんは、敬虔《けいけん》な信徒だったけど、あんなことをする人じゃなかったんだよ」

「俺たちはジャニス王子がおじさんを唆《そそのか》したんじゃないかって考えてるんだ」

二人の宣言に、セシリアは頬《ほお》に冷や汗を滑《すべ》らせた。

ジャニス王子が『障《さわ》り』をつけることができることを、彼らはまだ知らないのだ。もし、二人だけでジャニス王子に会った場合、またツヴァイが……、もしくはアインが『障り』に侵《おか》されてしまうかもしれない。

そんなセシリアの心の内を知らない二人は、言葉を続ける。

「ジャニス王子にあまりいい噂《うわさ》がないのは俺たちだって知っている。会う場所は人が多い場所を選ぶつもりだし、十分に注意するつもりだ。だけど、もし、俺たちに何かあったら――」

「だ、だめだよ！」

言葉を遮《さえぎ》って、セシリアはそう声を上げた。いきなり大きな声を出した彼女に二人は驚《おどろ》いたような顔を見せる。

「二人の気持ちはわかるけど、さすがに今すぐってのはやめない？　もうちょっと作戦を練ってから……」

「それだと、相手が場所を移動しちゃう可能性があるから……」

「それに手紙には『もうじきまたそちらで世話になる』って書いてあったんだ。もしかしたらジャニス王子は、もうすぐこの国から出ていくのかもしれない」

畳《たた》み掛《か》けられるようにそう言われ、セシリアは口を閉じた。

二人が言いたいことはわかる。セシリアだってそれと同じようなことを、さっき考えていた。

ジャニス王子が国に戻ってしまえば、二人が彼に直接話を聞く機会なんてなくなってしまうだろう。

それに、できることならセシリアだってついていきたい。彼らが心配なのはもちろんだが、彼女には『選定の剣《けん》』を取り戻す、という使命があるのだ。今このチャンスを逃《のが》すべきではないだろう。

（だけど――）

今は……、今すぐはだめだ。

なぜなら、頼みの綱《つな》であるギルバートが、今学院にいないのである。

『ジャニス王子のことで確かめたいことがあるから、放課後、少し出かけてくるね』

彼がそう言ったのは、お昼を食べている時である。当然、まだ帰ってきてはいないだろう。

むしろ出たばかりかもしれない。しかもその時に――

『俺が目を離《はな》している間に、変なことしでかさないでね？』

と釘《くぎ》まで刺《さ》されているのだ。

アインとツヴァイの二人と一緒にジャニス王子に会いに行く。

これはもう、どう考えても変なことだろう。

(でも……)

セシリアは顔を上げて、同じ顔をした二人を見据《みす》える。

(二人は、行くんだよね)

彼らには確固たる意志があった。それは何日も、何時間も、かけて固められた決意であり、セシリアがどうこう言ったからといって変えられるものではないだろう。

つまり、このままだとセシリアは、何も知らない二人をジャニス王子のもとへ送り出さないといけなくなる。ここで『ジャニス王子は「障り」をつけることができるんだよ』と言ったって、すぐに信じてはくれないだろうし。もし、信じてくれたとして、事件の真相を聞きたい彼らの気持ちを助長させてしまうだけだろう。

セシリアは大きく息を吸う。

ここは賭《か》けに出るべき時なのかもしれない。

「わかった。それなら俺もついていく」

「え？」

まさかそんなことを言われるとは思っていなかったのだろう。二人の声は見事なまでに重なった。

「いや、でもお前――」

「俺もジャニス王子に聞きたいことがあったんだ。だから、もしよかったら連れて行って！」

「で、でも、危険かもしれないよ？」

「うん。それもわかってる」

セシリアは大きく頷《うなず》くと、拳《こぶし》を握《にぎ》りしめる。

「だから、ちょっと準備させて」


それから一時間後、三人の姿は学院の外にあった。

アーガラムの街は、今日も活気があり、多くの人で賑《にぎ》わっている。石畳《いしだたみ》敷きの大通りでは、観光客用のカフェや土産《みやげ》物屋が立ち並び、街の中心にある大きな広場では、露天商《ろてんしょう》が声を張り上げていた。

そんな街の陽の部分から少し入った路地裏。

そこに、アインとツヴァイとセシリアはいた。

道の端《はし》には行き場のない人々が吹き溜《ふだ》まり、宿屋の近くでは誰《だれ》かを待つように女性が立っている。臭《にお》いもなんだか少し鼻につくし、見た目も全体的に薄暗《うすぐら》い。

どうみても明らかに治安が悪い。

「本当にこんなところにいるの？」

そう声を震《ふる》わせたのはアインにしがみついているセシリアだ。その声に答えたのは、同じようにアインにしがみついているツヴァイである。

「その、はずだけど。ここ、王子様が泊《と》まっているって雰囲気《ふんいき》じゃないよね」

「だね。ちょっとイメージとは違《ちが》うよね」

「ほら、二人ともチャキチャキ歩けよ！　それと、あんまり引っ張んなよ。俺の服が伸《の》びるだろうが」

一人平気そうな声を出すのは、アインだ。顔はツヴァイとそっくりなのに、やっぱり性格は似ても似つかない。

アインは、手に持っている紙と立ち並ぶ安宿の看板を見比べた。

「この辺のはずなんだけどなぁ……」

「ねぇ、アイン。宿を見つけたらどうするの？　出てくるまで待つ予定？」

「そりゃもう、突撃《とつげき》一択《たく》だろ！」

「え!?」

「待つなんて悠長《ゆうちょう》なこと言ってられねぇだろ？」

そんな兄のセリフにツヴァイは「僕は外で待ち伏《ぶ》せしようって提案したんだけどね」と困ったような笑《え》みを浮《う》かべた。

それから三人は薄暗い路地を歩く。先ほどとは違い、前にアインとツヴァイ、その後ろにセシリアという形である。

歩いているうちに段々と慣れてきたのか、三人の足取りは軽くなっていた。緊張《きんちょう》していないように見えたアインも、先ほどより饒舌《じょうぜつ》な気がする。

「王子本人はいいとして、問題はあの護衛のやつだよな」

「あの目つきが悪い人でしょ？　あの人をなんとかしないとジャニス王子に話を聞くなんてことできないよね」

（あ、そうだ！）

前で話す二人の背に、セシリアは何か思い付いたかのように顔を跳《は》ね上げた。

ジャニス王子の特性のことを話しておくのならば、今この時をおいて他《ほか》にないかもしれない。『障り』をつけることができる……なんて話、信じてもらえないかもしれないが、話しておけば、いざ対峙《たいじ》したとき半信半疑でも警戒《けいかい》はしてもらえるだろう。

「あのさ――」

そんな思いで口を開いた瞬間《しゅんかん》、セシリアの身体《からだ》は横に引っ張られた。腕《うで》を掴《つか》まれ、先の見えない暗い路地裏に連れ込まれる。

叫《さけ》び声を上げる前に口が塞《ふさ》がれ、後ろから抱《かか》え込まれるような形で拘束《こうそく》された。

「――っ！」

セシリアは咄嗟《とっさ》に反撃《はんげき》しようと踵《かかと》を突《つ》き出す。そして、全体重を乗せて相手の足を踏《ふ》みつけようとしたその時――

「それはやめてもらえると助かるかな」

おっとりとした、それでいて妙《みょう》に威厳《いげん》を感じさせる声が耳元に届いた。

セシリアがその声に振《ふ》り返ると、彼女を羽交締《はがいじ》めにしていた男がまるで降参というように両手を上げる。

「ほら、私はこっちの王子様よりも、ひ弱だからさ」

男はそう言いながら数歩下がり、セシリアに笑みを向けた。

その男の顔を見た瞬間、彼女は息を吞《の》む。

「ジャニス、王子……」

「気軽に『ジャニス』で構わないよ。もしくは、『ジル』でも」

その言葉に、セシリアは自分たちの手の内がバレていることを知る。この段階でバレているということは、もしかしたら自分たちは誘《さそ》い出されたのかもしれない。

あの手紙も、中に入っていた指輪も、全《すべ》てアインとツヴァイを誘い出すためのものだとしたら――

（まずい、わよね）

何の目的があるのかわからないが、三人はまんまと彼の策にはまったということだ。

警戒するセシリアを尻目《しりめ》に、ジャニスはつま先を路地の奥の方へ向けた。

「乱暴なことをしてごめんね。君をお茶に誘いたかっただけなんだ。……ついてきてくれるよね、セシル」

「……」

「ついてきてくれたら、彼らには手を出さないでいてあげるからさ」

そう言う彼の視線の先には、ようやくセシリアがいないことに気が付き、あたりを見回す、アインとツヴァイの姿があった。


「まぁ、座ってよ。コーヒーでいい？　紅茶？」

「……」

「やだな。そんな目で見ないでよ。大丈夫《だいじょうぶ》。お店の人が淹《い》れるんだから、毒なんて入ってないよ」

セシリアが連れてこられたのは、大通りにあるカフェだった。オープンテラスの席に、厳しい顔をしたセシリアと微笑《ほほえ》むジャニスが向かい合っている。

ジャニスは片手を上げて店員を呼ぶと、「紅茶にするね」と二人分の飲み物を注文した。

「そんなに警戒しないでよ。別に取って食おうってわけじゃないんだから。ちょっとお話がしたかったってだけで」

「うん。でもほら、君も私とお話ししたかったんじゃない？」

確信めいたその物言いに、セシリアは怪訝《けげん》な顔になる。彼女の顔が見えていないのか、あえて無視しているのか、彼はさらに笑みを強めた。

「私がここに呼んだのはあの二人だけだったのに君までついてきた。それはつまり、君は私に会うために自らすすんで彼らについてきたってことでしょう？」

「……なんのために二人を誘い出したの？」

「その前に、なんで君が私に会いたかったのか教えて欲しいな」

はぐらかされるようにそう言われ、セシリアの顔はますます渋《しぶ》くなる。そんな彼女を煽《あお》るように、ジャニスは笑みを浮かべたままセシリアにぐっと顔を近づけた。そして、自分の顔の横にある髪《かみ》の毛を耳にかける。

セシリアの目の前には、揺《ゆ》れるイヤリング。

「もしかして、私のこれと同じものを持ってたりする？」

「……」

「やっぱり？　大当たりだね！」

さらに険を帯びたセシリアの表情に、ジャニスは嬉《うれ》しそうに手を叩《たた》いた。

そんな彼に、彼女は声を低くする。

「話？」

「もしかして、わざと置いてきたの？　俺を誘い出すために？」

「まさか！　君が来るのは予想外だよ。本当はあの神子《みこ》候補を誘い出すつもりだったんだからね。……名前は確か、リーン、って言ったかな？　でもまぁ、彼女の方は『引っかかってくれたらいいなぁ』って思って撒《ま》いた餌《えさ》だったから、引っかかってくれないんなら、それはそれで別にいいんだよ。だって、今回用事があるのは、君たち、騎士《きし》の方だし」

「俺たち？」

「うん。本当はあの双子《ふたご》にお願いするつもりだったんだけど。面白《おもしろ》いから、セシル、君が頼《たの》まれてよ」

ジャニスはいい笑顔《えがお》で、テーブルに肘《ひじ》をついたまま足を組む。

「セシル、あっちを裏切って、私の仲間になって」

「は？」

「だから。仲間になってよ、セシル」

言っている意味がわからなくて、セシリアは口を開いたまま呆《ほう》けたような表情になってしまう。

そんな彼女をジャニスは感情の読めない笑みで覗《のぞ》き込んだ。ん？　と首を傾《かし》げられても、どう反応すればいいのかわからない。

セシリアは眉間《みけん》の皺《しわ》をもんだ。

「何を言ってるのかわからないけど。とりあえず、みんなのことを裏切るのは無理」

「まぁまぁ、そう言わないで。話を聞かないで断るのは、交渉術《こうしょう》としては下の下だよ？　それに、別に仲間を後ろから刺《さ》せって言ってるわけじゃないんだ。ただ、ちょっとだけ私に、情報を流して欲しいってだけで」

「あのね……」

「あぁ！　もちろん、君が裏切り者だなんて誰《だれ》にも言わないよ。約束する」

「だから！」

「もし、裏切ってくれるのなら、君に『選定の剣《けん》』をプレゼントしてあげようと思ってるんだけど、どうかな？」

『選定の剣』という単語に、セシリアはぐっと押し黙《だま》った。

興奮していたのだろう。いつの間にか立ち上がっていた自分自身に気付き、彼女は椅子《いす》に座り直す。

「もちろん、これは成功報酬《ほうしゅう》だから、私の目的が達成されてから渡《わた》すって話なんだけどね。どうかな？　悪い話じゃないと思うんだけど。私のイヤリングを持ってるってことは、君は『選定の剣』が欲しいんでしょう？」

「……」

「話、聞いてくれる気になった？」

セシリアは肺に溜《た》まった空気を全て吐《は》き出す。

そして少し逡巡《しゅんじゅん》したのちに、口を開いた。

「貴方《あなた》は何がしたいの？　目的は？」

「私はね、カリターデ教が許せないんだよ」

「カリターデ教が？」

「そう。実は『障《さわ》り』をこの国にばら撒いているのはカリターデ教の人間なんだよ」

思いもよらぬその言葉に、セシリアは息をのんだ。

そんな彼女を尻目に、ジャニスは言葉を重ねる。

「いや、正確には違《ちが》うかな。あのシステムは大昔からあるものだからね。本当にあのシステムを理解して、運用している人間は、もうどこにもいないかもしれない。けれど『障り』ができるシステムを作ったのは間違いなくカリターデ教の人間だし、私はそれを潰さないといけないと思ってる」

「どういうこと？」

「『障り』は国民の中から神子候補を炙《あぶ》り出すためのシステムなんだよ」

彼の言葉の意味がわからず、セシリアは首をかしげる。すると、ジャニスはまるで子どもに教えるように「つまりね」と人差し指を立てた。

「君たちは『障り』が、『人にとり憑《つ》く、なにかよくない寄生虫《きせいちゅう》やおばけみたいなもの』だと思っているんだろうけど、実際は違うんだ。『障り』は、言うなれば植物の種みたいなもので、君たち、プロスペレ王国の民《たみ》なら誰でも持っているものなんだよ。……いや、この場合は、『持っている』ではなく、『仕込まれた』と言うべきなのかもしれないね。君たちは望んでその種を植え付けられているわけではないんだろうから」

「それで貴方は、種が芽吹《めぶ》くと『障り』が発現する、って言いたいの？」

「うん。……でも、発現するのは『障り』だけじゃない」

「……どういうこと？」

「最初に言っただろう？　『「障り」は国民の中から神子候補を炙り出すためのシステム』だって」

その言葉に、セシリアは大きく目を見開いた。

「そう。君たちの中に仕込まれた種は、神子候補を炙り出すためのシステムだ。『障り』はその副産物。その証拠《しょうこ》に神子候補に現れる痣《あざ》は花で、『障り』に現れる痣は植物の蔦だろう？」

つまり、種が芽吹いて見事開花したのが神子候補で、芽吹いたけれど開花しなかったのが『障り』ということだろうか。

そのために、カリターデ教は何らかの方法で国民に種を蒔《ま》いている、と。

（それが本当なら……）

選定の儀《ぎ》前後に『障り』が出現し出すのも、神子の力が弱まったからではなく、痣の開花の時期だからなのだろうか。

「それと、君たちが今やっている『選定の儀』も、『剪定《せんてい》の儀』というのが本当なんだ。剪定。つまりね、今の期間は要《い》らない花《候補》を切り落として、一番綺麗な花《相応しい神子候補》を残す作業なんだよ。ほら、たくさん花があると、養分が散ってしまうだろう？」

　なんか人間扱《あつか》いされてないよね、とジャニスは笑う。

「もちろん、九割以上の人間は種が発芽せずに終わる。自分の内側にそんな恐《おそ》ろしいものが仕込まれているだなんて気がつきもしないだろう。でもさ、ひどいと思わない？　カリターデ教の奴等《やつら》は自分たちの宗教を守るために、国民を危険に晒《さら》しているんだよ」

　残酷《ざんこく》かそうでないかと聞かれれば、それは確かにひどいと思う。自分たちの信じているものを守るために、彼らは何も関係ない人を犠牲《ぎせい》にしているのだから。

　しかしそれは、ジャニスが本当のことを言っているなら、の話だ。

　――話の辻褄《つじつま》は合っているように聞こえるが、その話が本当なのかをセシリアは知る術《すべ》を持たない。

「どうしてそんなことを、俺に教えてくれるの？」

　慎重《しんちょう》なセシリアの言葉に、ジャニスは肩《かた》をすくめる。

「今から協力を得ようとする相手に、全《すべ》てを話すのは当然のことだよ。それに、正義感溢《あふ》れる君ならば、私と目的を同じくしてくれるかもしれないからね」

「貴方の話を信じる根拠《こんきよ》がない」

「その辺は信じてもらうしかないけれど……」

ジャニスは少し考えるようなそぶりを見せた後、セシリアの方に身を乗り出してにやりと笑った。そして、声を潜《ひそ》める。

「それじゃ一つ教えてあげよう。……私は『障り』を自在に発芽させることが出来るんだ」

突然《とつぜん》の告白にセシリアは目を見張ったが、反応はそれだけだった。声を上げることも、まさかという表情もすることはない。

そんな彼女の様子に、ジャニスは少し意外そうな顔で首をかしげる。

「あれ？　あんまり驚《おどろ》かないね。もしかして、もう知っていたのかな？」

「それは……」

「そっか、セシルは意外に観察眼に優《すぐ》れているんだね。ま、『降神祭』の時のことを見ていたのなら、そう推測されていてもおかしくはないね」

言葉を濁《にご》したセシリアをどう取ったのか、彼はそう勝手に納得《なつとく》してくれる。

「で。どうして私にそんなことが出来るんだと思う？」

「そんなこと、わかるわけがないでしょ」

「それはね、私が最初の神子――リュミエールの子孫だからだよ」

その言葉に、今度は「え？」と驚きの声が出た。思わず息も止まる。

そんなセシリアを尻目《しりめ》に彼はさらに言葉を続けた。

「君たちの方ではもう抹消《まっしょう》された歴史かもしれないけれど、ノルトラッハはプロスペレ王国を追い出されたリュミエールの子が作った国なんだ」

手のひらで自身を指しながら、彼はさらにこう続ける。

「神子を継《つ》ぐはずだったのに、なんの力も、痣もなく生まれてしまったリュミエールの子。迫害《はくがい》され国を追い出された彼は、それでも自分の祖国を捨てきれず隣《となり》に国を作った。それがノルトラッハ。だから私は『障り』のことに詳《くわ》しいし、神子のことについても詳しい。……ついでに『障り』だって発芽できてしまう」

といっても、こんな芸当、王家の者でも私にしかできないんだけどね、と彼は笑う。

ジャニスは組んでいた長い足を組み替《か》えると、セシリアから距離《きょり》を取るように、椅子《いす》の背もたれに身体《からだ》を預けた。

「……と、ここまで話してみたけれど、少しは信用してくれる気になってくれたかな？」

「……」

「それなら良かった」

ジャニスは虫も殺した事がないような人畜無害《じんちくむがい》な顔で微笑《ほほえ》み、まるで握手《あくしゅ》を求めるように、セシリアに向かって手を伸《の》ばした。

「このプロスペレ王国とノルトラッハはいわば兄弟国。だから協力してほしいんだ、セシル。

私はどうしてもこの国の民を苦しめているカリターデ教が許せないんだ」

「……」

「『選定の儀』に挑《いど》んでいる君たちの情報は、最も新鮮《しんせん》なカリターデ教の情報だ。もちろん、君たちのプライベートを詮索《せんさく》する気はないよ？　ただそこからカリターデ教を潰《つぶ》すヒントを得られるかもしれない」

沈黙《ちんもく》。

俯《うつむ》いて何もしゃべらないセシリアに、ジャニスは「セシル？」と首を傾《かし》げる。

セシリアは少し間を空けた後、ジャニスを正面から見つめた。

「嘘《うそ》、だよね」

「え？」

「カリターデ教の真実は正直わからない。もしかしたら、全《すべ》ては貴方《あなた》の言う通りなのかもしれない。だけど、貴方の本当の目的はそこじゃないんでしょう？」

「どうして、そんなことが言えるの？」

「それならどうして、『選定の剣』を俺たちよりも先に奪《うば》ったの？　貴方はあの剣の扱《あつか》い方も、効果も知っているんでしょう？　もし、カリターデ教に対して本当に怒《おこ》っているのなら、俺たちに剣を預けた方がいいとは考えなかったの？」

静かなセシリアの声に、ジャニスは差し出していた手を引っ込めた。

しかし、なおも飄々《ひょうひょう》と彼は言葉を紡《つむ》ぐ。

「君たちが剣を見つけ出すという確証がなかったからね。あれは先に確保しておいただけなんだよ。それで、不信感を抱《いだ》かせてしまったなら悪かったね。……それに言っただろう？　あれは君に渡すって……」

「成功報酬として、だよね？　貴方の本当の目的が達成した後の成功報酬。それに『カリターデ教を潰す』のが貴方の目的なら、今までの貴方の行動に説明がつかない」

「それは、後々説明するよ。君たちに迷惑《めいわく》をかけたのも、いろんな理由があったからなんだ。きっと理解してもらえる内容だと思う」

「それに、それならオスカーを殺そうとした理由がわからない」

ジャニスはそこで完全に口をつぐんだ。一瞬《いっしゅん》だけ、感情の抜《ぬ》け落ちた冷徹《れいてつ》な為政者《いせいしゃ》の顔になった後、彼は改めて人の好《い》い笑顔《えがお》を自身に貼《は》り付ける。そして、「そっか。知っていたのか」と残念そうに肩をすくめる。

そんな彼に、セシリアは言葉を重ねた。

「貴方が嫌《きら》いなのは、カリターデ教じゃなくて、この国そのものなんじゃない？」

その言葉の直後、ジャニスは本当におかしそうに肩《かた》を揺《ゆ》らし始めた。

大声こそ出していないものの、声だって震《ふる》えている。

「いいね！　うん、賢《かしこ》い子は好きだよ。そうそう。私はこの国が大っ嫌いなんだよ。だからさ、全部壊《こわ》したいんだ。王家も、国民も、宗教も」

「……」

「でもそっか。やっぱり即席《そくせき》の嘘じゃ繕《つくろ》えなかったかぁ。君、単純そうだから、なんとかなると思ったんだけど。やっぱり嘘をつくなら、しっかりと考えてからじゃないと駄目《だめ》だね。……仕方ないから、本来の方法でお願いすることにしようかな」

ジャニスはそう言い、軽く手を広げてみせる。

「セシル、仲間になってよ。仲間になってくれなきゃ、ここに居るみんなの『障《さわ》り』の種を芽吹かせちゃうよ?」

あまりにも軽くそう言われ、セシリアは不愉快《ふゆかい》さに眉《まゆ》を寄せた。

「アインとツヴァイをそうやって脅《おど》すつもりだったの?」

「あの双子《ふたご》は、互《たが》いに互いを裏切れないだろう? 弟の方は兄に依存《いぞん》してる傾向《けいこう》があるし。兄は兄で、弟を守らないとって義務感に支配されている。どっちかを人質《ひとじち》にして脅せば、傀儡《かいらい》にしやすいだろうなぁって、そう考えたんだ」

「……ねぇ、貴方が『障り』をつけた人の中に、カディ・ミランドって人はいた?」

「誰《だれ》それ?」

「アインとツヴァイのお母さんを殺した、使用人の名前だよ」

ジャニスはうーん、と顎《あご》をさする。

「どうだったかな。あんまり昔のことは覚えてないんだよ。特に、自分の人生にどうでもいい人間の名前は忘れるようにしているんだ。だってほら、無駄《むだ》だろう？」

「そう……」

「で、どうするの？　仲間になってくれるの？　くれないの？　私がこの手で触《ふ》れれば、種が発芽しちゃうよ？」

まるで見せつけるように、彼は手のひらをひらひらと目の前で晒してみせる。

「それとも、セシル自身が『障り』を体験したくなっちゃった？」

脅すようにそう言いながら、彼は手のひらをセシリアに近づけてきた。しかし、その手のひらはセシリアに触れる前に何者かに弾《はじ》かれてしまう。

「――っ！」

「うちのお姫様《ひめさま》に触《さわ》らないでもらえるかな」

音もなく、気配もなく、セシリアの背後に現れたのは、ダンテだった。

彼はセシリアを背後から抱《かか》え込むようにして、ニヤニヤとジャニスを見つめている。

「お久しぶりだね、ジャニス王子」

「久しぶりだね。裏切り者の、ダンテ・ハンプトン」

「なるほど、一応は警戒《けいかい》してきたってわけだ」

ジャニスは、ダンテに弾かれた手を撫《な》でながら、どこか嬉《うれ》しそうにそう言った。

そんな彼に、セシリアは先ほどよりもさらに声を低くさせる。

「逆に、どうして警戒してないと思ったの？　自分がしてきたこと、わかってるんでしょう？」

「それは、確かにそうだね」

悪びれる様子も、ダンテを恐《おそ》れる様子もなく、ジャニスは余裕綽々《よゆうしゃくしゃく》といった感じで周りを見回した。そして、目を細める。

「それに、よく見れば囲まれちゃってるって感じだね。どうりで注文した飲み物が届かないはずだよ」

気がつけば、周りに座っていた客も、店員も、セシリアとジャニスの座る席を一斉《いっせい》に見つめていた。彼らの眼光は鋭《するど》く、とても一般人《いっぱんじん》には出せない緊張感《きんちょうかん》を醸《かも》し出している。

そんな視線を受けながらも、彼は「いつの間に入れ替《か》わったの？　気がつかなかったなぁ」と、なおも楽しそうに笑っていた。


そして、セシリアたちの前に現れる一人の髪《かみ》の短い女性。男性のようなラフなパンツスタイルで現れた彼女は、円卓《えんたく》の前で腕《うで》を組んだ。

ジャニスはその女性を見上げながら少し驚いたような声を出す。

「やぁ、そちらも久しぶり。あ、髪の毛切ったんだ。相変わらず、顔の傷以外は魅力《みりょく》的だね」

「女性を外見で判断するだなんて、アンタも相変わらず最低だねぇ」

そこにいたのはマーリン・スィーニーだった。暗殺組織ハイマートの元首領《ボス》であり、ダンテの育ての親でもある彼女は、セシリアに一度だけ視線を落とした後、身体《からだ》ごとジャニスに向き合った。

「やだな。褒《ほ》めたつもりだったのに」

「アンタに褒められても、こっちは嬉しくもなんともないよ」

「それは、嫌われたものだね」

ジャニスはそう言いながら肩をすくめた。そして、降参だというように両手を顔の横にあげる。

「この人数差じゃきついね。それに、君たちは簡単に触らせてくれそうもないし」

「当たり前さ。アンタじゃ、指一本触れられないよ」

「で、どうするの？　私のことを捕《つか》まえる気？　それとも殺す？　もっと酷《ひど》いこと、考えてたりする？」

その問いに答えたのはセシリアだった。

「殺しはしないし、傷つけたりもしない。ただ、質問には答えてもらうし、『選定の剣《けん》』も渡《わた》してもらう。あと、一緒《いっしょ》に王宮まで行ってもらう予定」

「王宮ってことは、私は強制送還《そうかん》になるのかな？」

「……」

「そっか、国に帰らされるのか。それは困るなぁ」

全く困ってなさそうにそう言う。

「ねぇ、セシル。さっき私に『どうして警戒してないと思ったの？』って言ってきたよね？

……その言葉、そのまま返すね」

「え？」

「どうして、私が君を警戒してないと思ったの？」

そう言うと同時に、ジャニスは掲《かか》げていた両手を打ち鳴らした。

瞬間《しゅんかん》、どこからともなく黒いモヤが立ち上る。カフェの周りからだ。

そして、最初の悲鳴が上がった。

「なっ！」

「首領《ボス》！　眠《ねむ》らせてた店員が『障り』で！」

「隣《となり》の露天商《ろてんしょう》のおやじもです！」

「こっちは花屋の嬢《じょう》ちゃんが！」

「なんだって!?」

狼狽《うろた》える構成員と、咄嗟《とっさ》に指示を飛ばすマーリンの声を背景に、冷静なジャニスの声がセシリアの耳に届く。

「ごめんね。私、発芽の時期も調節できるんだよ」

「なっ――」

「今ので十人。さてセシル、死人を出さないでこの場を収めることができるかな?」

あっという間に、辺りが喧騒《けんそう》に包まれる。上がる悲鳴も一つや二つではない。

怒《いか》りに震えたセシリアが、声を上げようとしたその時だった。

「ジャニス!」

彼を呼ぶ声とともに、セシリアに向かってナイフが飛んできた。しかも一本ではなく、三本だ。

思いもよらぬ攻撃《こうげき》にセシリアが目を見張った瞬間、ダンテが彼女を後ろに引っ張り、同時に円卓を蹴《け》り上げた。天板に刺《さ》さる三本のナイフ。

「それじゃぁね。また会おう、セシル」

顔を上げた時にはもう、ジャニスは馬に乗っていた。相乗りだ。

彼の前には黒い長髪《ちょうはつ》の、目つきの悪い護衛がいる。降神祭の時もジャニスのそばにいた男だ。

きっと彼がセシリアに向かってナイフを投げてきたのだろう。

セシリアはただ呆然《ぼうぜん》と、なす術《すべ》もなく、彼らの背を見送ることしかできなかった。

場が収まったのは、それから三十分後のことだった。

マーリンたちと、騒《さわ》ぎを聞きつけてやってきたアインとツヴァイの活躍《かつやく》により、死人は一人として出ることなく、怪我《けが》人も数人だけで済ますことができた。

報告をアインとツヴァイに任せ、彼らを先に帰したセシリアは、隣に立つダンテに頭を下げる。

「ダンテ、今日はごめん。大丈夫《だいじょうぶ》だった？　怪我とかしてない？」

「平気平気。それより、来るの遅《おそ》くなっちゃってごめんね？　万が一のことを考えて、マーリンたちに連絡《れんらく》取ってたら、遅くなっちゃって」

セシリアがダンテに応援《おうえん》を頼《たの》んだのは、アインとツヴァイに話を聞いた直後。たまたま教室に残っていたダンテに、『選定の剣』のことは伏《ふ》せた状態で事情を話し、ジャニスにバレないように護衛をしてもらっていたのだ。ちなみに、ダンテの正体を知らないアインとツヴァイにも護衛のことは言っていなかった。

「それは大丈夫！　マーリンさんのことは全然聞いてなかったからびっくりしたけど、久々に会えて嬉しかったし！」

「嬉しいこと言ってくれるねぇ」

「あ、マーリンさん！」

いつの間にかダンテの隣に立っていたマーリンに、セシリアは人懐《ひとなつ》っこい声を出した。そんな彼女をマーリンは妹を見るような優《やさ》しい目で見下ろす。

「お久しぶりです。今日はありがとうございました！」

「いいってことさ。こっちとしても前に命を助けてもらった礼をしたいと思っていたんだ。いい機会だったよ」

そう言った後、彼女は「ま。この体《てい》たらくで、礼になったかどうかはわからないけどねぇ」と自嘲《じちょう》気味に肩《かた》をすくめる。

「というか、本当に男の格好をして学院に通っているんだねぇ。ダンテから聞いて知ってはいたけど、本当に無茶《むちゃ》なことを考える子だよ。しかも、あの男と事を構えようとするだなんて……」

「あはは……」

「しかも相手は『障《さわ》り』を操《あやつ》れるんだって？　そんな奴《やつ》がいるだなんて、初めて聞いたよ。……アンタは本当に知ってたのかい？」

先ほどの話を聞いていたのだろう、マーリンは渋《しぶ》い顔をしている。その問いにセシリアが「えっと、知ってたというか……」と、曖昧《あいまい》に返事をすると、彼女は力いっぱいにため息をついた。

「全くアンタって子は！　無茶と無謀《むぼう》は違《ちが》うんだからね！　いい加減にしないと、命がいくつあっても――」

「まぁまぁ、マーリン。そう怒《おこ》らないでやってよ。みんな無事だったんだからそれでセーフってことでいいじゃん！」

「アンタもアンタだよ！　私はあんな男の依頼《いらい》なんて、受けなくていいって言ったんだからね！」

「痛い、痛い！」

セシリアを庇《かば》った直後、ダンテはマーリンに耳を引っ張られる。正直、ダンテからしたらとばっちりだとは思うのだが、抵抗《ていこう》しないところを見るに、彼も多少は反省するところがあるのかもしれない。

セシリアはそんなじゃれ合う二人に、小さく手を挙げた。

「あの、『あんな男の依頼』っていうのは、オスカーの暗殺のことですか？」

「あぁ、アンタは知ってるんだったか。そうだよ、あの依頼のことさ」

マーリン曰《いわ》く、あの依頼はダンテではなく最初は別の構成員が受けてきた依頼だったそうだ。その構成員は賭博《とばく》場での負けをジャニスに肩代《かたが》わりしてもらっていたらしく、依頼を断りきれなかったらしい。それに当初、オスカーのことは『とある貴族の男』と聞かされていたというのだ。それから色々調べた結果、ターゲットが王族だとわかり、マーリンがジャニスに直々に断りを入れると、ハイマートでは払《はら》えないような違約金を請求《せいきゅう》されたという。

「違約金《いやくきん》を踏《ふ》み倒《たお》すって方法もあったんだが、私たちみたいな裏の商売は表の商売よりも信用が大事だからね。変な噂《うわさ》を流されても敵《かな》わないし、一応、払う予定で話を進めてたんだよ。そしたらコイツが、私の言うことを無視して、全部一人で請《う》け負っちまうから……」

「だって、あのまま違約金払ってたら、ジャン、みんなに殺されてたでしょ？」

「ま、勝手にあんな契約《けいやく》を持ってきたらねぇ。あの頃《ころ》は血の気が多いやつもたくさんいたし……」

さも当然と言うようにマーリンも頷《うなず》く。

セシリアたちよりもはるかに死が身近にある生活を送ってきたためだろうが、仲間の死を語る口調にしては、あまりにもサバサバしすぎている。

「えっと。それじゃ、ダンテは仲間のために？」

「ま、そうだね。でも結局、俺はオスカーを殺せなかったわけだけど！」

「じゃぁ、そのジャンって人は？」

「生きてるよ。今はみんなの雑用係みたいになってるけどね」

最後の問いはマーリンが答えた。彼女の視線の先には、おどおどとした様子で、みんなにこき使われている細身の男がいる。あれがきっとジャンだろう。

「アンタを攫《さら》った騒動《そうどう》の時に、ジャンを殺そうとしていた奴らは一掃《いっそう》されたからね。アイツも命拾いしたよ。全く、悪運が強い」

「それじゃ、違約金は……」

「生憎《あいにく》、ハイマートはなくなったからねぇ。なくなったものには誰《だれ》も請求なんてできないさ！　組織自体も一からだから、信用云々《うんぬん》も関係ないしね！」

そう言ってマーリンはニヤリと笑って歯を見せた。珍《めずら》しく、悪い顔、である。

彼女はその悪い顔を瞬《まばた》き一つで収めると、「あ、そうそう！　忘れてたよ」とポケットを探《さぐ》る。そして、一枚の紙を取り出し、セシリアに差し出した。

「はい、これ」

「なんですかこれ？　……地図？」

「その地図のところに飲み屋がある。もし今後、私たちに何かしてほしいことがあったら、そこの店主に手紙を渡《わた》しておきな」

「えっと……」

「金は取らないよ。今回はあんまり役立ったわけじゃないからね。あと一回ぐらいはタダ働きしてやる。もしよかったら、頼《たよ》ってきな」

「あ、ありがとうございます！」

大事そうにその地図を抱《かか》えるセシリアの頭を、マーリンはくしゃりとかき交ぜる。この辺の仕草は、ダンテそっくりだ。

「あと、今回聞いたことは黙《だま》っておいてやる。だけど、気をつけるんだよ？　あの男は危険な男だ。もしやり合うんなら、真正面からやり合わないこと。わかったね？」

「あ、はい！　わかりました」

セシリアのその素直《すなお》な返事に、マーリンは頬《ほお》を引き上げるのだった。

◆

まさか、朝から機嫌《きげん》を地の底に叩《たた》き落とされるとは思わなかった。

「お前、今なんて言った？」

「だーかーら！　昨日セシルをジャニス王子から助けたんだけど……」

「は？」

「えっとね、セシルをジャニス王子から助けたの。頼《たの》まれて」

朝。いつものように教室に入り、席に座ったところで、オスカーはダンテからそう爆弾《ばくだん》を落とされた。窓の外は澄《す》み渡る青空なのにもかかわらず、オスカーの頭には暗雲が立ち込める。

早めに登校しているためか、教室に他《ほか》の人間はいない。

オスカーは眉間《みけん》の皺《しわ》を揉《も》みながら、躊躇《ためら》いがちに声を出した。

「まさか、昨日街の中に現れたという『障り』の件じゃないだろうな？」

「そうだけど」

なんてことない表情でケロリとそう言われ、オスカーは心底げんなりした。なんだろう。たった今、教室に着いたばかりなのに、もう帰りたい気分である。

昨日、市井《しせい》で『障り』が出たというのは報告で聞いていた。たまたまそこに居合わせた民間人と騎士《きし》がその場を収めたとも。

しかし、まさかその中にセシリアが入っているとは夢にも思わなかった。

（普段《ふだん》は学院の外なんかに出ないだろうが……）

てっきり、ジェイドやダンテ、アインとツヴァイ、あたりだと思っていた。彼らは放課後になると、結構頻繁《ひんぱん》に学院の外に出ているからだ。

オスカーは机に肘《ひじ》をつき、組んだ手の甲《こう》に額を乗せる。そして、大きなため息をついた。

そんな彼の様子に、人の心に疎《うと》いのか聡《さと》いのかよくわからない親友は首を傾《かし》げる。

「どったの？」

「安堵《あんど》と嫉妬《しっと》と苛立《いらだ》ちと無力感でどうにかなりそうだ」

「わぁお！　随分《ずいぶん》と複雑じゃん」

そう言って笑う彼はどこまでも人ごとだ。いつもならその距離《きより》感《かん》がどこか心地《ここち》いいのに、今日はなんだか恨《うら》めしく感じてしまう。

「と言うか、安堵と嫉妬はわかるけど、なんで怒ってんの？」

「なんでアイツは、こう無茶なことばかりするんだと思ってな……」

「あぁ。まぁ、うん。それはね。セシルだから仕方ないよね！」

妙《みょう》な説得力がある言葉である。

セシルだから仕方がない、と言われれば確かにそうなのだが。セシル《セシリア》だからこそ、無茶なことはしてほしくないというのがオスカーの本心である。

オスカーは手の甲から顔を上げ、机の隣《となり》に立っているダンテを見上げる。

「お前の様子から察するに、怪我《けが》とかはしてないんだよな？」

「うん。俺もセシルもかすり傷一つないよ！」

「お前のことは、心配していない」

「えぇ⁉　オスカーひどくない？」

「ひどくない」

彼は「ひどーい！」と声を上げているが、心配したら心配したで「オスカー、俺のこと信用してないの？」とむくれるのだから厄介《やっかい》だ。それに、本当にダンテのことはなに一つ心配していない。彼ならば、ある程度の死地は余裕《よゆう》の顔で飛び越《こ》えていくだろうと信用しているからだ。

ただ、彼女は違《ちが》うのだ。

切り抜《ぬ》ける能力などないくせに、やる気と、根性《こんじょう》と、出たとこ勝負の運だけで、何度も死地をくぐり抜けている。しかも、いつもギリギリの綱渡《つなわた》り。

これを心配するなという方が無理な話だ。

（だからと言って、大人しくしているセシリアなんて、もう想像ができないんだがな……）

会えなかった十二年間。その間ずっと、オスカーはセシリアのことを、儚《はかな》くて、病弱な、深窓の公爵令嬢《こうしゃくれいじょう》だと思っていた。なのに蓋《ふた》を開けてみれば、このお転婆《てんば》っぷりである。あれを『お転婆』で済ませていいかは少々謎《なぞ》だが、なんにせよ今回も、彼女は少々お転婆をしてしまったらしい。

ダンテは、机の縁《ふち》に腰掛《こしか》けながら天井《てんじょう》を見上げる。

「セシルとジャニス王子、なんか訳ありだったみたいだよ？」

「訳あり？」

「俺もよく話が飲み込めなかったけど、『選定の剣《けん》』ってのを取り合ってたみたい」

「『選定の剣』、か……」

オスカーがそう考え込むような声を出すと、ダンテが「オスカー、知ってるの？」と食いついてくる。

「知っているというか、神話に出てくる短剣のことだろう？　存在はしているという話だが、実際に見た者はいないという。……確か、なんの力もないただの宝剣《ほうけん》という話だったはずだが……」

「なんでそんなものをセシルとアイツが取り合ってんの？」

「そんなもの、俺が知るわけないだろう！」

自分で言って、ダメージを食《く》らった。オスカーは思わず胸を押さえる。

そう、オスカーが知るわけがないのだ。いまだに男装している理由も、している事実さえも隠《かく》されている自分には、知る術《すべ》もないし、彼女もなにも教えてくれない。

「ギルバートにでも聞けば、何かわかるんじゃないのか？」

「うわ。投げやりー！」

「うるさい！」

「男の嫉妬は見苦しいって言うよ？」

「言いたい奴《やつ》には言わせとけば良《い》いだろう」

どうせ、そういうことを言うのは彼とギルバートぐらいなものだ。別に今更《いまさら》、彼らにどうこう言われても、そんなに腹は立たない。苛立ちはするが、本気で怒《おこ》ったりはしない……多分。

「あと、もう一つ報告。なんか、ジャニス王子、『障《さわ》り』を操《あやつ》れるみたいだよ。遠くてよく聞こえなかったけど、アインとツヴァイの母親のことも話してたから、もしかしたら侯爵《こうしやく》夫人の死に、ジャニス王子が関《かか》わってるのかも……」

「……そうか」

「驚《おどろ》かないんだ？」

「まぁ、降神祭での騒動《そうどう》もあったからな」

予感がなかったと言ったら嘘《うそ》になる。舞台《ぶたい》での騒動を教えてくれたジャニスは、何かを知っているようだったし、何かを企《たくら》んでいるようにも見えた。

彼が『障り』を扱《あつか》えるのだとしたら、全《すべ》てが綺麗《きれい》に繋《つな》がる。

「国王様に報告は？」

「一応するつもりだが、まぁ、どうにもならないだろうな」

「相手は隣国《りんごく》の王族だもんねー」

「しかも、そんなことを抗議《こうぎ》したとして、『噂《うわさ》を真に受けるのか！』と一蹴《いっしゅう》されて終わりだろう。抗議するのならば、きちんとした証拠《しょうこ》がいる」

「ま、そういう結論になっちゃうよね」

「それに、ジャニス王子をなんとかしたいのなら、抗議するより彼を直接捕《と》らえた方が早い。幸いなことに、彼は無許可で国境を越えてきているからな」

ただ、なかなか尻尾《しっぽ》を摑《つか》ませてくれない相手なので、捕《つか》まえるのも厄介なことには変わりがないのだが。

そこまで言った後、オスカーは「はぁ……」と再びため息をついた。

「どうしたの？　ジャニス王子捕まえるの、そんなに億劫《おっくう》？」

「違う。なんで俺じゃないんだ、と考えていたんだ。男装のことを知らせなくても、俺だってアイツの護衛ぐらいはできるだろう？　なんで、俺じゃなくてダンテに……」

「やーだー！　オスカーってば、もしかして俺に妬《や》いてんの？」

ピキ、と青筋が立つ音がする。

頬《ほお》を引き攣《つ》らせながら「お前な……」と低い声を出すと、ダンテは「やだなぁ。冗談《じょうだん》じゃん！」とカラカラ笑った。

「というかさ。昨日、オスカーいなかったじゃん。王宮行ってたんでしょ？」

「そうだが……」

「それならセシルだって、お願いしたくてもできないよ。それに、相手はオスカーを殺そうとした相手だし、セシルとしても会わせたくなかったんじゃない？」

「……そういうもんか」

「そういうもんでしょ？」

つまり自分は、守ってやりたいはずのセシリアに守られたということだろうか。気遣《きづか》われたということだろうか。

なんとなく情けない気分になったオスカーは、どことなく浮《う》かない顔で、椅子《いす》の背もたれに深く身体《からだ》を預けるのだった。

その日はなんとなくやる気が出ないまま午前中を過ごした。

やることは山のようにあるし、考えることも雨後の筍《たけのこ》のように湧《わ》いてくるというのに、頭が思うように切り替《か》わらない。

日頃《ひごろ》の成果なのかなんなのか、身体だけはやるべきことを淡々《たんたん》とこなすが、そこに身が入っていない。自分でもわかるぐらい、どこか上の空だった。


そうして、昼休み。

複雑な自己嫌悪《けんお》に苛《さいな》まれながら、オスカーは廊下《ろうか》を進む。

(仕方ないとは思ってるんだが、やはり、結構気にしているんだな)

改めて自分の心と向き合う。セシルの正体を知ってからここ数ヶ月間、こんなことで悩《なや》んでばかりのような気がする。

(いざという時に頼《たよ》ってもらうには、やはり俺が正体を知っていることをセシリアに打ち明けるべきなのだろうが……)

『本人には言わない方がいいですよ。たぶん、殿下《でんか》に気づかれたと知ったら、姉さん国外逃亡《とうぼう》ぐらいはするでしょうし』

夏休みのギルバートの台詞《せりふ》が頭をよぎる。

国外逃亡。国の外に逃亡すると書いて、国外逃亡。

やめてくれ……と本気で思う。

ギルバートは『自分はついていくだけだから、別にいい』と言っていたが、オスカーはそういうわけにはいかないのだ。

「というか、なんで俺にバレたら国外逃亡になるんだ……」

思わずそうこぼしてしまう。

ダンテにはバレてもケロッとしているくせに、なぜ自分だけがダメなのか。

それがわからない。

(嫌《きら》われているわけではないとは思うし、怖《こわ》がらせるようなことは言ってないはずなんだが……)

いつの間にか歩みが止まる。もう皆《みな》食堂にいるのか、廊下に人はいなかった。

(『助けて』と一言頼ってもらえれば、俺は——)

「オスカー助けて！」

「は？」

一瞬《いっしゅん》、幻聴《げんちょう》かと思った。もやもやした自分の頭が勝手に作り出した声だと思ったのだ。しかし、反射的に声のしたほうを見れば、必死の形相で走ってくる婚約《こんやく》者の姿がある。

彼女はハニーブロンドのカツラを靡《なび》かせながら、オスカーのもとまで走ってくると、オスカーの両腕《りょううで》をガシッと摑んだ。そして、今にも泣きそうな顔でこう頼《たの》み込んでくる。

「お願い、匿《かくま》って!!」

「ちょ、お前っ！」

返事を待つことなく、彼女はオスカーの背に隠れた。柱と壁《かべ》の間にオスカーを立たせて、自分はその間に滑《すべ》り込んだのだ。

身長差と体格差により、セシリアはオスカーの背にすっぽりと収まってしまう。

直後、忙《せわ》しない足音が聞こえてきた。数は複数。音は段々と大きくなってくる。

「どこいった、セシル！」

「ちゃんと責任を取れ！」

「全部お前が蒔《ま》いた種だろうが！」

相当な剣幕《けんまく》の男が三人、オスカーの前を通り過ぎる。一応敬意を払《はら》ってか、オスカーの前を通るときは三人とも頭を下げていたが、背後のセシリアに気づくものは誰《だれ》一人としていなかった。

そして、遠ざかる足音。

三人の気配が全くなくなって、ようやくセシリアはオスカーの後ろから顔を出した。オスカーの身体と上げた腕の間からひょっこり顔を出す様は、やっぱり小動物のようだ。

男装をしていてもなお、ちゃんとかわいい婚約者様である。

彼女は腕の間から顔を出して、太陽のような笑《え》みを見せる。

「ありがとう、オスカー。助かったよ！」

「おい。今度は一体何をしたんだ？」

オスカーの呆《あき》れたような表情に、セシリアは「あはは……」と苦笑いを浮かべる。

「実は、少し前に女の子から告白されたんだけど。その子には、婚約者がいたみたいで……」

「それで、自分の婚約者にちょっかいかけるなと、男側に怒られたわけか」

この手の騒動はオスカーが知るだけでも、今月三回目である。さすが『学院の王子様』だ。

「いや、今回はちょっと違《ちが》うんだよね」

「違う？」

「なんか、彼女を譲《ゆず》られそうになっていて……」

意味がわからず、オスカーは「は？」と呆《ほう》けたような声を出した。

「えっとね。『彼女がお前に熱を上げているのは知っている。だから責任を取って結婚《けっこん》してやれ！』『彼女がかわいそうだろうが！』って……」

「…………ほぉ」

「そしたらどこで聞いていたのか、前にお断りしたルイーズさんとイリナさんの婚約者が出てきて『アニエスよりもうちの婚約者の方がかわいそうだ！』『セシルが責任を取るべきなのはこっちだ！』って……」

愛が屈折《くっせつ》している。

婚約者を大切に思っているのは確かなのだろうが、『大切に思っている』の方向性がいささかおかしい気がする。

（そもそも、それで納得《なっとく》ができるのか？）

仮に、自分がそういう立場になったら。

セシリアが自分以外の誰かに熱を上げるようなことになったら。

（胃が痛くなってきたな……）

想像だけで精神が病《や》みそうだ。

とてもじゃないがオスカーには同じ決断はできない。

「とにかく！　ありがとうオスカー、助かったよ！」

「……あぁ」

「オスカーって大きいから隠《かく》れやすいよね」

言われてみれば確かに、オスカーとセシリアでは体格差が結構ある。

身長も頭一つ分以上違うし、身体の大きさがそもそも違う。本人は鍛《きた》えていると言っていたが、こんな華奢《きゃしゃ》な身体で、あんな大立ち回りを毎回やってのけているのだから、彼女は本当に危なっかしい。

セシリアはオスカーの背から完全に外に出ると、彼に向き合った。

オスカーはそんな彼女を見下ろしながら「そういえば……」と口にする。

「昨日の事、ダンテから聞いたぞ」

「あ、そうなんだ！」

「あんまり、無茶《むちゃ》をするな。話を聞いて、肝《きも》が冷えたぞ。ああいうときは一度――」

「あ、ストップ！　お小言はなし！」

「――ん」

言葉を遮《さえぎ》るように両手で口を塞《ふさ》がれる。その行動にオスカーが素直《すなお》に黙《だま》ると、セシリアは彼を見上げながら泣きそうな声を出した。

「昨日帰ってから、めちゃめちゃギルに怒《おこ》られたの！　もう反省してる！　反省しているから、怒らないで優《やさ》しくしてください!!」

(優しく？)

オスカーは首を捻《ひね》る。そう言われても、どうすればいいのかよくわからない。

彼はしばらく悩んだあと、右手を彼女の頭に乗せた。

「じゃぁ、……お疲《つか》れ様」

オスカーに頭を撫《な》でられたセシリアは「へ？」と間抜《まぬ》けな声を出す。

「どうかしたか？」

「いや、本当に優しくしてもらえるとは思わなくて」

「お前が優しくしろと言ったんだろうが」

「そうなんだけど……」

セシリアは戸惑《とまど》うような声を出す。それからしばらく、彼女は無言で撫でられていた。

「オスカーの手って大きいね」

「まぁ、お前のに比べればな」

「ギルの手もダンテの手も大きいし、やっぱり違うんだなぁ……」

男と女では……ということだろうか。彼女はなおも撫でられたまま、口を開く。

「昨日はさ、大変だったんだよー。ちょうどギルがいない時にアインとツヴァイが事を起こそうとするから焦《あせ》っちゃってー」

「……そうか」

なんとなく切ない気持ちで頷《うなず》いたときだった。

「それに、オスカーもいなかったから、困ったよー」

「は？　俺？」

「うん！　昨日ね、二人の話を聞いた後、一緒《いっしょ》についてきてもらおうと教室に呼びに行ったんだよ。そしたらオスカー、今日学院来てないって言われて。たまたま、ダンテが教室に残ってたから助かったんだけどねー」

オスカーは信じられない面持《おもも》ちで目を瞬《しばたた》かせた後、おずおずと声を出した。

「うちの教室に来たのは、もしかして俺を捜《さが》しに？」

「そうだよ。俺だけじゃ、二人を助けてあげるどころか、足手まといになっちゃうかもしれないからさ。その点、オスカーなら同じ王族だし対抗《たいこう》できるかなって！」

「お前は、俺のことをかばったんじゃないのか？」

「へ？」

「俺のことを頼《たよ》らなかったのは、俺をジャニス王子に会わせたくなかったからじゃないのか？」

その言葉にセシリアは大きく目を見開いた。そんなこと、全く思い至らなかった、というような顔である。

「そ、そうだね！　確かにそうかも！　自分のこと殺そうとした相手に会いたいわけないよね？　俺、無神経だった。ごめん!!」

「あ、いや。そういう意味で言ったわけじゃ……」

「いやー、でもさ。オスカーなら、なんとなく大丈夫《だいじょうぶ》かなって、思っちゃって……」

申し訳なさそうに頰《ほお》を搔《か》きながら、セシリアは続ける。

「オスカーってば、ジャニス王子なんかに負けちゃうような人じゃないじゃん！　優しいし、真面目《まじめ》だし、努力家だし、卑怯《ひきょう》なことなんて絶対にしないし！」

「……」

「だから一応、関係はわかってたはずなんだけど、そこまで重大に捉《とら》えてなくてさ」

セシリアは困ったように笑う。

その言葉に、笑みに、胸が温かくなった。彼女が自分を信用してくれていたことや頼ってくれようとしていたことが、すごく嬉《うれ》しい。

「あぁ、でも！　会いたくないのなら、今度から気をつけるね！」

「その点は気をつけなくていい」

「そう？」

「あぁ。俺は、……負けないからな」

少し冗談《じょうだん》めかした調子でそう言えば、彼女はぱぁっと表情を明るくさせる。

「そうだね！　オスカーは負けないからね！」

まるで幼子のように、彼女は寸分も疑うことなく、オスカーの言葉に同意した。

その全くブレない信用が、嬉しくも、気恥《きは》ずかしくもあり、オスカーは思わず苦笑《くしよう》を浮《う》かべてしまう。

そんな気恥ずかしさを隠すように、オスカーは彼女の背を叩《たた》いた。

「ほら、こんなところでのんきにしていていいのか？　昼、食いっぱぐれるぞ」

「あ、そうだった！　ギルを待たせてるんだった！」

彼女はそう言って、なぜかオスカーの手を摑《つか》んだ。

「よかったらさ、オスカーも行こうよ！」

「……いいのか？」

「もちろん！　今日はリーンとヒューイも一緒に食べる予定なんだ！　ジェイドもくるって言

ってたし！　ダンテもみつけ次第《しだい》誘《さそ》おうよ！」

アインとツヴァイは教室にいるかな、と、彼女は楽しそうに歩き出す。

そんな彼女に手を引かれながら、オスカーはまた苦笑を零《こぼ》すのだった。

第三章 生誕祭とネサンスマーケット

大通りを埋《う》め尽《つ》くすたくさんの人々。オーナメントで飾《かざ》られた木々たち。いつも子どもたちが遊んでいる広場には、移動式の三角屋根の出店が並び、それぞれの店の端《はし》には、赤と緑のリボンで装飾《そうしょく》の施《ほどこ》されたランタンたちが並ぶ。

通りの入り口と出口には、この時のためだけに作られた金属製のアーチが設置されており、その両端《りょうたん》にも煌々《こうこう》と輝《かがや》くランタンが吊《つ》り下げられていた。


頬を撫でる風が冷たくなり、吐《は》く息が白くなる、十二月。

ハロウィンイベントがあったのなら、当然、クリスマスイベントもある。というわけで——


「さぁ！　生誕祭よ！」

セシリアの前で、そう張り切ったような声を上げたのは、リーンだった。

場所は、彼女の出身であるシゴーニュ救済院。以前、舞台《ぶたい》が建てられていた場所に、今度は即席《そくせき》の出店が三軒《げん》ほど建てられていた。

生誕祭とは、女神《めがみ》とイアンの子どもであるリュミエールの誕生を祝う祭りである。そして、生誕祭にあわせて市井《しせい》で行われる市のことを『ネサンスマーケット』と人々は呼んでいた。

ネサンスマーケットは十二月に入ってから一月の年明けまで続く、国内最大のバザーである。普段商《ふだんあきな》いに参加しない人たちも、この時ばかりはこぞって店を出したり、軒先《のきさき》で手作りのものを売ったりする。さらには、隣町《となりまち》から出稼《でかせ》ぎに来る本職の商人たちもいて、降神祭とは別の意味で活気がある催《もよお》し物なのである。

生誕祭は降神祭とは違《ちが》い、主催《しゅさい》は街の人間たちだ。カリターデ教が催しているわけではないので、宗教色はあまり強くなく『冬籠《ふゆごもり》前にパーッとやろう！』というのがこの祭りの主な趣旨《しゅし》である。

まだ木の枠組《わくぐ》みしかない救済院の広場で、セシリアは救済院の子どもたちに交ざり、ネサンスマーケットの準備を手伝っていた。

「これは、ここでいいの？」

「えぇ。ありがとう！　そこの机の下に置いておいてくれる？」

リーンの指示通りにセシリアは抱《かか》えていた木箱を机の下に置く。

シスターたちからネサンスマーケットの取り仕切りを任されているリーンは、計画表を持ち、子どもたちに指示を出していた。

「降神祭のときも驚《おどろ》いたけど、結構盛大にやるんだね」

「こっちの生誕祭は初めて？」

「うん。この時期は毎年地元の方にいたから……」

さすが首都、といわざるを得ないほどの盛り上がりっぷりである。

生誕祭なんて、地域によっては行われないところもあるぐらいなのだ。

「そういえば、アンタ去年はどうしてたの？」

「去年？」

リーンの問いかけの意味がわからず、セシリアは首を捻《ひね》る。

「一年の時よ。もしかして、男装《その姿》で過ごしてたの？　だとしたら一年間、よく隠《かく》し通せたわね」

「あー、そのことね。実は去年、ほとんど学院に通ってないんだよね」

「あら、そうなの？」

「うん。ギルが『一人で過ごさせるのは怖《こわ》いから、自分が入学するまで待て』って止めるからさ」

「相変わらず過保護ね」

「だけど、私としても学院の様子を把握《はあく》しておきたかったから、途中《とちゅう》編入って形にしてもらったんだよ。勉強のほうは、家庭教師のおかげでなんとかなってたしね」

しかし、今振《ふ》り返ってみたらそれがよくなかったのかもしれない。『途中編入の見目麗《みめうるわ》しい美男子』なんて、女子生徒たちの注目の的だ。おかげでセシルは、編入一ヶ月で『学院の王子様』の名を自らのものとしてしまったのである。

「ギルバートも驚いたでしょうね。入学してみたら、おとなしくしているはずの義姉《あね》が、たった二、三ヶ月で王子様になってるんだから……」

「まぁね。説明は求められたよね……」

思わず遠い目になる。

あの時の彼の剣幕《けんまく》は、あまり思い出したくない記憶《きおく》である。

「今さらこんなこと言っても遅《おそ》いのかもしれないけれど。どうせならそのまま休んでおけばよかったんじゃないの？　そのほうが確実に、選定の儀《ぎ》からは離《はな》れられたわよ？」

「私も最初はそう考えてたんだけどね。ほら、あれじゃん？　万が一、ヒロインが誰《だれ》からも宝具もらわなかったら、どうしようって考えちゃって」

その場合のエンディングを、セシリアの前世であるひよのは見ていない。というか、そういうエンディングがあるのかどうかさえも知らないのだ。そして、エンディングに向かった場合の悪役令嬢《れいじょう》の末路もわからない。

そんな、何も知らない、わからない状態のまま、運命の一年間を過ごすのは、精神的にも肉体的にもキツかった。なので、危険だとわかっていながら、結局セシリアは入学を決めたのである。

「でも、入学して正解だったみたい……」

セシリアの意味ありげな視線に、リーンはバツが悪そうにそっぽを向いた。

「……仕方がないじゃない。神子《みこ》になんてなりたくないんだから……というか、ジャニス王子の話が本当なら、誰も神子にならなくても大丈夫なんじゃない？　『障《さわ》り』の種とやらを蒔《ま》いているのは、カリターデ教なんでしょう？」

「まぁ、そうなんだけど、ジャニス王子の話がどこまでが本当かわからないし……」

ジャニスの話はリーンとグレース、それとギルバートには話していた。

その中で出た結論は、『とりあえずその話は無視しよう』だった。彼の話が嘘《うそ》だった場合、裏には何か思惑《おもわく》があるのだろうし、その思惑に乗ってしまってもよくないと思ったからだ。

それに、ジャニスは『本当にあのシステムを理解して、運用している人間は、もうどこにもいないかもしれない』と言っていたのだ。

だとしたら、カリターデ教の人たちは自分たちが『障り』の種を蒔き続けているとは知らないままシステムを動かしているのかもしれない。

「あとギルが、気になることも言ってて……」

「気になること？」

「『もしその話が本当だとして、神子が決まったと同時に「障り」がいなくなるってことは、その時芽吹《めぶ》いた種の中から神子が決まらなかった場合、延々と「障り」は芽吹き続けるのかもしれないね』って……」

もし本当にそうなら、やっぱり神子は決めないといけない。

もしくは『障り』を断《た》つかである。しかし、そのためのアイテムはジャニスの手にあった。

「だから、本当はこんなことしてる暇《ひま》ないんだけどなぁ」

「でも、もう二週間もなんの進展もないんでしょ？」

「そうなんだよね。ジャニス王子、偽名《ぎめい》をたくさん持ってるみたいでギルでもなかなか行方《ゆくえ》を追えてないみたいだし。『また会おう』って言ってたから、何か接触《せっしょく》してくると思ってたんだけど、結局なにもないし……」

「接触しに来られたら、それはそれで困るでしょ」

リーンは呆《あき》れたようにそう口にする。

そして、肩《かた》を落とすセシリアの肩をまるで鼓舞《こぶ》するように叩いた。

「まぁ、今は諦《あきら》めてこっちを手伝いなさい！　冬休みも今回は実家に帰らないんでしょ？」

「うん、そのつもり。お父様とお母様に何かあってもいけないしね」

ジャニスが接触してくるかもしれないのなら、用心はしておくべきだろう。

もし実家に帰って両親が巻き込まれたとなったら、後悔《こうかい》してもし切れない。

「アンタが帰らないんならギルバートも帰らないんでしょ？　ルシンダ様もエドワード様も寂《さび》しがるでしょうね」

「まぁ、ちゃんと夏休みも帰ってるし、大丈夫《だいじょうぶ》だよ！　降神祭の時も会ったしね。手紙では

『あとで物送る』とか書いてあったから、きっとベッキーのスコーンを送ってくれると思うんだ！　届いたらお茶会しようね！」

「気が向けばね」

そうぞんざいに言うが、彼女の気が向かなかったためしなんて一度たりともない。

基本的に彼女は付き合いがいいのだ。

セシリアはその返事に満足したような笑《え》みを浮《う》かべたあと、手押し車に載《の》っていた箱を手に取る。そして、先ほどと同じように出店の近くまで運んだ。

「それにしても、この箱重いね。なにが入ってるの？」

「あっ！」

セシリアは箱を開ける。すると中に入っていたのは――

「本……って、これ！」

「うふふ。マーケットってことなら、売らないとね！」

まさかのニールの本である。もちろんBOYSがLOVEする本だ。とてもじゃないが、救済院で売るようなものではない。しかも、表紙の色が見たことがない色である。これはもしかして、もしかしなくても、オスカーとセシルをモデルにした例の本の第三弾《だん》ではないのだろうか。

震《ふる》える手で本を取るセシリアに、リーンははしゃいだような声を出した。

「実はこれ、会心の出来なのよ！　しかも舞台《ぶたい》は生誕祭！」

「時系列を合わせにきたな……」

「今回は、隣国《りんごく》の王子と攻《シエル》が、受《オラン》を巡《めぐ》って壮絶《そうぜつ》バトルを繰《く》り広げる話で――」

「えぇ……」

隣国の王子、というのは、もしかしてもしかしなくてもジャニスのことではないのだろうか。もしそのキャラクターがジャニスをモデルとして作られているとして、彼女は嫌《いや》な気持ちになったりしないのだろうか。

仮にも、相手は自分を殺そうとした人間である。

「もちろん！　最終的にはシエルが王子を倒《たお》して終わる話になるんだけどね！　こう、バサーッて！」

リーンは剣《けん》で切るような動きをしてみせる。

やはり、多少は恨《うら》んでいるようだ。しかしながら、創作《妄想》で恨みを晴らすとは、なんとも彼女らしい。

リーンは腰《こし》に手を当てた状態で、さらにこう続ける。

「これが無事ちゃんと売れたら、実はもうちょっと進んだ展開を考えててね！」

「進んだ展開？」

「将来的には、ネサンスマーケットを、コミ●クマー●ットにしたいと思ってるの！」

「そんな野望、聞きたくなかった！」

親友が異世界で即売会《そくばいかい》を企《くわだ》てている。そんな事実、なかなか受け止めきれない。

耳を塞《ふさ》ぐセシリアに、リーンは悩《なや》ましげな声を出した。

「でも、こっちにはまだ自分で本を作るという文化がないでしょ？　だから、ジェイドと一緒《いっしょ》に、個人的な出版も受付できないかって考えてるの。でもそのためには印刷にかかる費用が問題なんだけど……」

貴族だけの趣味《しゅみ》で終わらせたくないのよね……と彼女はどこまでも本気の声を出す。

今はジャニスよりも彼女の行動力の方が怖いセシリアだ。

どうやら彼女は本気でこの世界を腐海に沈《しず》めるつもりらしい。

「あら、お二人とも……」

そんな話をしていた二人に、よく通る、可愛《かわい》らしい声が届いた。

声のした方を見ると、そこには見たことのあるメガネ姿の女性が立っている。頰《ほお》にあるそばかすが愛らしい彼女は、二人を見つけて、頰を桃色《ももいろ》に染めた。

「セシル様！　リーン様！」

「エルザさん！」

小走りで駆《か》け寄ってきた彼女に、セシリアは明るい声を出した。

エルザの背後には、彼女が連れてきただろう修道女が数人いる。

「こんなところでなにをしているんですか？」

「神子様の命で、各救済院を回って祈《いの》りを捧《ささ》げているんです。本来は神子様のお役目なのですが、神子様は今、体調がよろしくないようなので……」

エルザは困ったように笑った後、二人の手元を覗《のぞ》き込んできた。

「お二人は、ネサンスマーケットの準備ですか？――って、これは！」

エルザは目をこれでもかと見開き、セシリアの手にあった若草色の本を奪《うば》う。

「あ、ちょっと！」

「これは、もしかしてニール様の新作なのでは？」

そう言う彼女の目はキラキラと輝《かがや》いている。エルザの行動に、セシリアは圧倒《あっとう》されたまま片手を上げた。

「えっと、エルザさん。ニールの事、知ってるんですか？」

「もちろんです！　そして、大好きです！　修道女の中でも人気なんですよ。男性同士の恋《こい》が、こんなに苦しくて甘酸《あまず》っぱいものだと、私この本で初めて知りました！」

熱弁である。

仮にも貞淑《ていしゅく》を守らなくてはならない修道女が、あんな劇物を読んでもいいのだろうか。

まぁ、いいのか。本、だから。

「それにしても、こんなに早く新刊を持っているだなんて！　お二人もニール様のファンだったのですね！　とっても親近感が湧《わ》きます！　前巻、読まれましたか？　あの時の嫉妬《しっと》するシエルが、もう可愛くて可愛くて……」

目の前にいるのが、作者とシエルのモデルだということを知らずに、彼女は頬を染めたまま身体《からだ》をくねらせた。

その後、五分以上もノンストップでニールの本への愛を語ったエルザは「すみません。つい熱くなってしまって……」と咳払《せきばら》いをし、身を正した。

「今回はうちも、寄付金集めを兼《か》ねてネサンスマーケットに出店するんです。広場の方ですので、もしよかったら立ち寄ってくださいね」

そうして彼女は一礼をして、身を翻《ひるがえ》した。向かう先はシゴーニュ救済院の教会である。きっと今から祈りを捧げるのだろう。

シスターが子どもたちを呼び、エルザと一緒に来た修道女たちも教会の建物に向かう。

「エルザさんて面白《おもしろ》い人だよね」

「そうね。聖職者って、もっとお堅《かた》い人だと思ってたわ」

「……エルザさん、前はもっと暗い方だったんですよ」

そう二人の言葉に割り込んできたのは、エルザと一緒にやってきた修道女の一人である。その栗毛《くりげ》に、二人はどこか見覚えがあった。

（この人って、私たちが『選定の剣』を探しに行った時の――）

あの、怖《こわ》がらせてしまった女性である。彼女は「そうなのですか？」と首を傾《かし》げるリーンに声を潜《ひそ》めて言う。

「ええ。前はこう、もっと地味な方でした。聖職者になったのも、実家から縁切《えんき》りをされたからだったらしく、毎日鬱々《うつうつ》としておられて……。私が神殿《しんでん》に勤めるようになった頃《ころ》は笑った顔なんて見たことありませんでしたもの！」

「だけど、ニールさんの本が私たちのもとにきたぐらいから、突然《とつぜん》元気になられたんですよね！」

「そうそう！」

気がつけばセシリアたちは数人の修道女に囲まれていた。

「私たちももちろんニールさんの本は素晴《すば》らしいと思っていますけれど、一番魅了《みりょう》されているのはやっぱりエルザさんですわ！」

「何度も何度も繰り返し読まれてるみたいですもんね！」

「ページを捲《めく》りすぎて、本はもうシワシワに……」

「そう、なんだ」

なんとも複雑である。

『一冊の本が一人の女性の心を救った』

と言えば、なんともいい話風だが。その本の内容が自分をモデルにしたBL作品だということだけが、なんとも釈然《しゃくぜん》としない。

セシリアが、「それは、よかったですね？」と首を傾げると、彼女たちは一斉《いっせい》に「はい！」と返事をする。

どうやらここに修道女が集まっていたのは、『エルザのことを話したい』というより、『セシルと話がしたい』という思いの方が強かったからのようだ。

その証拠《しょうこ》に、彼女たちの頬は皆《みな》ほんのりと桃色に染まっている。

「みなさん！　早く来てください！」

遠くの方でエルザの声がする。彼女たちはその声に「はーい！」と元気よく返事をし、二人に背を向けてその場を去っていくのだった。

「ということで！　冬休み前に、みんなでティーパーティしよう！」

セシリアがそう言ったのは、エルザとひょんな再会を果たした二日後のことだった。学院のサロンで胸を張る彼女の前には、いつものメンバー。アインとツヴァイもいるし、さらに今回は、グレースとモードレッドもいた。

集められた人間の一人であるヒューイは、楽しそうなセシリアに、怪訝《けげん》な声を出した。

「『ということで！』って、どういうことだよ……」

「実はね、実家からこんなものが送られてきまして……」

そう言って、彼女は身体《からだ》をずらす。するとそこには、積み上がる木箱があった。

しかも、二列。彼女の背丈《せたけ》と同じぐらいに積み上がったその箱を見て、ジェイドが「うわぁ。お店でも開けそうだね……」と呆《ほう》けたように言った。

「『今年は冬休み帰らない』って手紙を書いたら、お母様が送ってくれて。だけど、足の早そうなお菓子《かし》とかも多いから、みんなにもできたら手伝ってほしくて……」

行き過ぎた母の愛の具現化である。

絶対に消費しきれない量の茶葉や生菓子。大好きなお店のショコラと、ベッキーの作った大量のスコーン……

ギルバートも帰らないから二人分……だとしても、やはり多すぎる量である。

「セシルのお母さん、冬休み中も普通《ふつう》に食堂や寮《りょう》が機能してるの知らないのかな？」

「知ってるとは思うんだけど。うちのお母様、ちょっと過保護で……」

そのせいで自分たちが、夏休みにシルビィ家に泊《と》まらざるを得なかったことをジェイドはまだ知らない。

セシリアは、目の前に座るみんなに手を合わせた。

「というわけで、みんな手伝ってください！　このままだと捨てることになっちゃうと思うから！」

「そういうことなら協力してやるよ」

「ま、捨てるのはもったいないからな」

アインとヒューイがそう答える。

「へぇ、いろんなお菓子があるんだね！」

「燻製《くんせい》もある！　これは、猪《いのしし》と鹿《しか》？」

答える前にいち早く、箱の中身を確かめ出したのは、ジェイドとツヴァイだ。

「お父様が最近狩猟《しゅりょう》にハマってるみたいで……」

「燻製あるの？　やった！　んじゃ俺、合いそうなもの持ってるから、ちょっと部屋まで取ってくるね！」

「ちょっと！　変なもの持ってこないでくださいよ！」

部屋から飛び出したのはダンテである。そんな彼の背に注意を飛ばすのはギルバートだ。ダンテはそんなギルバートの声に「はい、はーい」とわかっているのかいないのかよくわからない返事をする。

そんなやりとりの声を背景に、リーンとオスカーも木箱の中を覗《のぞ》き込んだ。

「それにしても、結構な量があるのですね……」

「この量……。俺たちがどう頑張《がんば》っても、今日や明日《あした》では処理できんぞ？」

「あ、欲しいものがあったら持って帰っても大丈夫《だいじょうぶ》だからね！」

「それなら、救済院にいくつか持って行っても大丈夫ですか？」

「あぁ、うん！　持っていこう！　俺も手伝うよ！」

「それなら俺も手伝うぞ」

オスカーの声にジェイドも「あ、ボクも！」と手を挙げる。ツヴァイも遠慮《えんりょ》がちな声で「僕も手伝うよ」と微笑《ほほえ》んだ。

この様子だと他《ほか》に手伝ってくれる人間も多そうだ。

「で、なんで私たちまで呼ばれたんですか？」

騒《さわ》がしくなってきたサロン内で、不思議そうに言ったのはモードレッドだ。隣《となり》には同意するように頷《うなず》く、グレースの姿もある。仲の良い学生同士の集まりにどうして呼ばれたのか不思議でならないらしい。

そんな二人に、セシリアは持っていた鞄《かばん》を漁《あさ》った。

「二人にはついでにお土産《みやげ》も渡《わた》しておきたくて！」

「お土産？」

「神殿、行かなかったじゃないですか。アインとツヴァイにはもう渡したので、二人にもお土産渡しておこうと思って！」

「はぁ、……ありがとうございます」

二人が受け取ったのは、小さな瓶《びん》だ。中には無色透明《とうめい》のオイルのようなものが入っている。

モードレッドは、不思議そうな顔でそれを掲《かか》げた。

「これは？」

「コロンです。トルシュってライラックが有名みたいで、それを原料にしたコロンとか蠟燭《ろうそく》とか売っていたんです。あ、こっちはエミリーさんに！　若干《じゃっかん》、香《かお》りが違《ちが》うみたいです」

「良《い》い香り、ですね」

早速《さっそく》、瓶を開けて香りを楽しんだグレースがほっこりと笑う。

セシリアが差し出したもう一つの小瓶を受け取りながら、モードレッドは小さく頭を下げた。

「エミリーにまで、ありがとうございます。年頃《としごろ》なので、こういうのは喜ぶと思います」

「それにしても、土産のチョイスがさすが王子様って感じだよな？」

「そうそう。女の子ウケしそうな感じだよね、コロンって」

そんなふうに話に入ってきたのは、アインとツヴァイの双子《ふたご》だ。彼らにも同じようにライラックのコロンを渡してある。

「妙《みょう》に女心がわかってる感じがするんだよなー」

「香りも優《やさ》しいものばかりだしね？」

「あはは……」

苦笑いが漏《も》れる。女心がわかっている感じがするのは、実際に女だからなのだが。どうやら

『学院の王子様だから、女心に詳《くわ》しい』と解釈《かいしゃく》されたようだ。助かった。

「そういえば、ギルも今年の冬休みは実家に帰らないって言ってたけど、セシルも家に帰らないんだね？……それならボクも帰らないでおこうかなぁ。家に帰っても、仕事手伝わされるだけだしさー」

目ぼしいものを箱から出してきたジェイドは、そんなふうに言いながら背伸《せの》びをした。その言葉に反応したのは、先ほどサロンに帰ってきたダンテだった。

「なら、ジェイドも学院にいたらいいじゃん！」

「あれ？　ダンテも帰らないの？」

「まー、帰っても仕方ないしね」

「家族と喧嘩《けんか》してるの？　実家に帰りづらい感じ？」

「ま、そんな感じかな？」

ダンテはもともと貴族ではない。彼の爵位《しゃくい》は買ったものだし、本当のハンプトン家はもう外国にいて、別の人生を歩み始めている。

本当のハンプトン家が持っていた屋敷《やしき》自体はあるだろうが、帰っても誰《だれ》もいないどころか、誰も管理していないので荒屋《あばらや》になっている可能性だってある。

そんなダンテの状況《じょうきょう》を知っているのか、オスカーは腕《うで》を組んだ。

「いや、だから。お前はウチに来ればいいだろう？　客室はいくらでも空いてると……」

「いやぁ、王宮はちょっと。堅苦《かたくる》しくてしんどいんだよねー。なんか、オスカーを誘《さそ》うにもいろんなところに許可を取らないといけないし。そもそも、王宮にいてもやることないし……」

「あら、皆様《みなさま》がご実家に帰られないのでしたら、私もこっちにいようかしら」

そう言ったのは、リーンだった。

彼女は猫《ねこ》をかぶったまま、頬《ほお》に手を当て、おっとりとこう続ける。

「どうせ帰っても、大した用事はありませんし。なにより！　ヒューイ様とも一緒《いっしょ》にいられますし！」

「お前な……」

腕に抱《だ》きつかれ、ヒューイは嫌《いや》そうな声を出すが、その顔はどことなく満更《まんざら》でもなさそうである。そんな彼らの様子にジェイドは身を乗り出した。

「じゃぁ、ヒューイも学院に残る予定なんだ？」

「……まぁな」

「グレースさんは？」

「私は、あの研究室が実家みたいなものですし、家とは縁《えん》が薄《うす》いので」

ジェイドは焦《あせ》ったような顔で、視線を移す。

「先生は？」

「私は家に帰りますよ？　エミリーとの久々の水入らずですからね」

「オスカーは？」

「俺はこのままみんなといっしょに学院で……というのは難しいだろうな。年明けには式典があるから、その準備もしないといけないし」

それぞれの返事を聞いて、ジェイドは「そっかー」と椅子《いす》に深く腰掛《こしか》ける。

「ボクも、結局は帰らないといけなくなるだろうし。冬休み前にみんなでこうやって集まれるのは最後になっちゃうかもしれないね」

残念そうな声を出した後、ジェイドは何かを決意したかのように勢いよく立ち上がり、胸に拳《こぶし》を当てた。

「それじゃ今日は、冬休みの分までみんなで盛り上がろうね！」

そんな彼の号令で、楽しいティーパーティがはじまったのだが……

一時間後——

「で。なんでこんなことになったのかな……」

セシリアはサロンの惨状《さんじょう》を見ながら頬を引き攣《つ》らせた。

ぐったりと机に伏《ふ》せっているジェイドに、泣き上戸になっているアインと、笑い上戸になっているツヴァイ。部屋の隅《すみ》に置いてあるソファーで横になっているのはモードレッドで。これまでにない緩《ゆる》さでぼぉっと虚空《こくう》を見上げるのはヒューイである。頭痛がするのかオスカーは頭を抱《かか》えており、その隣では一人だけ平気そうなダンテがヘラヘラと笑っていた。

彼らの不調の原因は、ダンテが部屋から持って来たあるものだった。

「なんでお酒なんか持ち出したんですか、ダンテ！」

そう怒《いか》りの声を上げるのは、ギルバートだった。怒《おこ》られたダンテの手には、フルーツのような甘い香りを漂《ただよ》わせる飲み物がある。

怒られたダンテは不服を表すように唇《くちびる》を尖《とが》らせた。

「ええ……！　これって俺が悪いの？」

「貴方《あなた》が悪くなくて、誰が悪いんですか……」

「だって俺、別に強要してないし！　みんな勝手に飲んだだけじゃん！　……というかこれ、そもそもお酒じゃないし！　ビュヴールの実を煮出したジュースだし！」

そう言い訳をするダンテに、セシリアは「ビュヴールの実？」と首をひねる。するとダンテは人差し指と親指で円を作り、その穴からセシリアを覗《のぞ》いてみせた。

「森にあるこのぐらいの小さな実なんだけど、煮出すとお酒みたいに頭がふわふわする液体になるんだよ」

「へぇ……」

「アルコールが入っていないって事で酒税がかからないから、昔は格安のお酒として裏で作って売っていたらしくて。俺も組織に入ったばっかりの頃《ころ》に作り方教え込まれてさー」

ということは、今彼の手にあるのは手作りの品ということだろうか。

暗殺に、ジュース作り。なんとも器用なものである。

「だからって、『ジュースだ』って言って渡《わた》すのは……」

ギルバートは痛む頭を押さえながらそう口にする。

最初に飲んだのはジェイドだった。ジュースだと言うダンテの言葉を真に受けて「ボクも飲んでみたい！」と手を出したのがはじまりである。そんなジェイドに続いて、アインとツヴァイも一緒に飲んだ。そして、三人揃《そろ》って撃沈《げきちん》したのである。飲んだ量は、三人合わせてコップ二、三杯《ばい》程度だ。

ちなみに無事だったのは、用心していたギルバートとグレース、お手洗いに行っていたリーンとセシリアだけである。あとは全滅《ぜんめつ》だ。

「でも、別に嘘《うそ》じゃないしさー。燻製《くんせい》って聞いたら、お酒欲しいじゃん？　本物持ってこなかっただけでも褒《ほ》めて欲しいぐらいだよー」

自分が作った死屍《しし》累々《るいるい》を背景に、ダンテはそう言いながら頬を膨《ふく》らました。

「先生が飲んだのは事故だからね。自分と俺のコップを間違《まちが》えて飲んだだけだし！」

「まさか先生も、生徒がお酒を持ち込んでいるとは思わなかったんですよ……」

「だからお酒じゃないって！　あと、ヒューイとオスカーも俺のせいじゃないからね。二人はわかっていて飲んだんだから」

ダンテはそう言い、再び唇を尖らせる。

「そりゃ、何口も飲んでいる貴方がそんなふうにケロッとしてたら、どんなものなのかって思うに決まってるでしょう！」

「だって俺、ザルなんだもん。それは仕方なくない？」

「仕方なくない！」

ギルバートはピシャリとそう言い放つ。

しかしそのお叱《しか》りを受けても、ダンテはなおも平然と笑っていた。

「もー、ギルってばお堅《かた》いなぁ。ほら。ぷりぷり怒ってないで、ギルも飲んでみなよ！　美味《おい》しいよ？」

「ダンテ！」

「あははっ」

彼は本当にどこまでも楽しそうだ。馬の耳に念仏とは、まさにこのことである。

セシリアはそんな二人のやり取りを、リーンと並んで呆然《ぼうぜん》と見つめていた。彼女としては、みんなで仲良くワイワイとお茶会ができればいいと思っていたのだが、まさかこんな事態になるとは思ってもいなかった。

消費したかったはずの食べ物も、全然消費できていない。

「リーン。なんか、ごめんね。ヒューイが――」

「ああいうヒューイ君もなかなかに可愛《かわい》いわね。今度、もうちょっと飲ませてみようかしら……」

謝ろうとした瞬間《しゅんかん》、隣《となり》で不穏《ふおん》な計画が聞こえる。しかし、セシリアは無視することにした。

「ごめんなさい。なに？」と聞き返されたが、「なんでもない」と首を振《ふ》る。これ以上変なことに巻き込まれては敵《かな》わない。

「ギルー、セシルー……」

その時、死にそうな声を出したのは、ジェイドだった。

顔を上げた彼は、赤ら顔だった。頭の位置もはっきりと定まっていないし、目も開いていない。

「頭がくらくらするー」

「ったく。貴方はもう少し、人を疑うということをですね――」

「うー……」

「……ほら、立てますか？」

ギルバートはため息を一つつくと、ジェイドの腕《うで》を自分の肩《かた》にかけた。そして仕方なさそうに「部屋まで送ります」と彼の身体《からだ》を支える。一人では大変だろうと、セシリアもジェイドのもう片方の腕を支えた。

その状態で、ギルバートは振り返る。

「殿下《でんか》も……」

「俺は一人で平気だ。ジェイドを頼《たの》む」

「んじゃ、俺はヒューイを送ってくるかなー」

ダンテはそう言って、コップの中の液体を飲み干した。どうやら今日はこれでお開きらしい。いまだにへばっているモードレッドとアインとツヴァイは、これから順番に部屋に運んでいくしかないだろう。

「私たちは男子寮《りょう》には入れませんし、片付けでもしましょうか」

「そうですね」

そう頷《うなず》きあったのは、リーンとグレースだ。

そうして、短いティーパーティは終わりを迎《むか》えたのだった。


「やっと終わった……」

「疲《つか》れたねー」

最後まで部屋に残っていたアインを寮の部屋に送り届ける頃《ころ》には、もう日は傾《かたむ》いてしまっていた。みんなを集めたのが授業が終わってからなので、みんなでワイワイとしていた時間よりも、その後始末に時間がかかってしまっている感じだ。

ギルバートとセシリアは、ヘトヘトの状態でサロンへ続く廊下《ろうか》を進む。あと残っているのは、部屋の片付けだけだ。リーンとグレースが担当してくれているが、二人だけで片付けが終わっているかどうか定《さだ》かではない。

「最後はなんか大変だったけど、今日は楽しかったよね！　みんなも楽しそうにしてくれてたし！　ベッキーのスコーンはやっぱり美味しかったし！」

「そうだね」

「それにさ、ギルも今日はなんだかすごく楽しそうだったし！」

「え？　俺？」

自覚がなかったのか、彼は意外そうな声を出す。

目を大きくする彼に、セシリアはにっと唇を引き上げた。

「うん。とっても楽しそうだったよ。……特に最後の方とか」

「最後の方って、みんながグダグダになってからってこと？」

「うん！」

セシリアの頷きにギルバートはげんなりとした顔になった。その顔はまるで『お前の目は節穴か？』と言っているようだ。

セシリアはそんな彼の表情に構うことなく、さらにこう続けた。

「なんかさ。ギル、みんなと仲良くなったよね！」

「仲良く？」

『ギル』って呼ばれることにも抵抗《ていこう》してないし。それに、ギルは嫌《きら》いな人の世話は焼かないって、私、知ってるもん」

セシリアは背中に手を回し上体そらしをしたあと、少し後ろを歩くギルバートを振り返る。

「だからさ、今日とっても楽しかったし、嬉《うれ》しかったんだ！」

へらりと気の抜《ぬ》けたような笑《え》みを浮《う》かべる彼女に、ギルバートは少し驚《おどろ》いたような顔になって歩みを止めた。

しかし、それも一瞬のこと。

彼はすぐに元の表情に戻《もど》ると、セシリアとの開いてしまった距離《きょり》を詰《つ》めるように、少しだけ歩幅《ほはば》を大きくして、再び歩き始めた。

「私が知ってたギルってさ、誰《だれ》も寄せ付けない感じで、一人孤立《こりつ》しててさー」

「それって、ゲームの中の俺《セシリア》ってこと？」

「あ、うん。そう！　私のせいもあるんだろうけど誰にも心開いてなくてね……」

セシリアは顔を正面に向けたまま、少しだけ視線を下げた。

思い出すのは、前世での記憶《きおく》だ。あれはゲームのキャラクターに向けた感情だったが、あの時の気持ちは、今とあまり大差ない。

なんせ、最初にプレイしたのがギルバートで、一番プレイしたのも彼である。

思い入れも一入《ひとしお》だ。

「一人で部屋に閉じこもって、ずっと寂《さび》しそうでさ。だから、この世界では誰よりも幸せになってほしかったんだよねー」

「……」

「なんかさ。今日みんなの世話を焼いてるギル見てて、ちょっと感動しちゃったんだ、私！」

ほくほくとそう言うセシリアをギルバートはしばらく眺《なが》める。そして、何故《なぜ》かある種の確信を持った声で、彼は彼女の背中に言葉を投げかけた。

「あのさ、リーンから聞いたんだけど、セシリアの推《お》しって……俺？」

「…………え？」

「推しって言うんでしょ？　一番好きだったキャラクターのこと」

瞬間、ぼっと音を立ててセシリアの顔が赤くなる。そして、まるでそれが答えだと言わんばかりに狼狽《うろた》えた。

「え？　あ、え……」

「あ。やっぱり、そうなんだ」

別段嬉しそうではなく、淡々《たんたん》とギルバートは頷いた。

そんな彼にセシリアは言葉を重ねる。

「そ、それはそうなんだけど！　好きっていうか、守ってあげたいというか、幸せになってほしいというか……。あぁ、もう！　なんて言えば良《い》いのかな！」

「大丈夫《だいじょうぶ》だよ。わかってるから」

「え？」

「どうりで、いつまで経《た》っても弟のはずだよな……」

ため息と共にそう言われ、セシリアは意味がわからず首を捻《ひね》る。そんな彼女に「なんでもない。こっちの話」とギルバートは微笑《ほほえ》む。

その時だ——

「あぁ、こんなところに居《お》られたんですね」

「グレース、どうしたの？」

正面の曲がり角から顔を覗《のぞ》かせたグレースに、セシリアは声を大きくした。

グレースはギルバートに一度だけ視線を向けたあと、セシリアに歩み寄る。

「セシルさん、少し二人っきりでお話ししたいことがあるのですがよろしいでしょうか？」

その真剣《しんけん》な声に、セシリアは「え。うん……」と頷いた。


「二人で話したいことって何？」

呼び出された空き教室で、セシリアはそうグレースに聞いた。

グレースは背を向けたまま、少し考えるようなそぶりを見せたあと、ゆっくりとセシリアに向かい合う。

「セシリアさん、私なりに色々と考えてみたんです」

「なにを？」

「ジャニス王子のことです」

その言葉に背筋が伸《の》びた。

「『選定の剣《けん》』がジャニス王子の手の内にあることはほぼほぼ確定でしょう。その上で、私たちにはジャニス王子を見つける方法がない」

それは確かにそうだ。

捜《さが》せるところは捜したし、公爵《こうしゃく》家の情報網《じょうほうもう》でもダメ。あれからマーリンたちも捜してくれているとダンテが言っていたが、こちらに報告がこないということは、未《いま》だめぼしい情報は得られていないということだろう。

セシリアとしてはジャニスからの接触《せっしょく》に期待しているが、それも今のところその気配はない。

「正直に言います。もう私たちだけでは、ジャニス王子を見つけ出すことは無理だと思います」

「それは……」

「セシリアさんは相手が接触してきてくれることを望んでいるのかもしれませんが、あちらにはもう私たちに接触する理由がありません。少なくとも、セシルさんには……」

「誰だったら可能性があるの？」

「神子《みこ》候補であるリーンさんにならば、おそらく。まぁ、接触といっても暗殺目的でしょうが」

「暗殺って――！」

「しかし、リーンさんのそばにはヒューイさんがいます。なので、そもそも接触されない可能性の方が高いでしょうし、接触されたとしてもそこまでの被害《ひがい》は出ないと思います」

それを聞いて、セシリアは安心したように身体《からだ》の力を抜いた。

でも確かに、相手がプロスペレ王国の国家の転覆《てんぷく》を望んでいて、選定の儀《ぎ》を邪魔《じゃま》したいと考えているのなら、リーンを狙《ねら》うのは当然の話だ。

「話を戻しますね。つまり、私が言いたいのは、『もうこの状況《じょうきょう》では「障《さわ》り」の元を断《た》つのは諦《あきら》めた方がいい』ということです」

不思議と衝撃《しょうげき》は感じなかった。それは、セシリアが心のどこかで感じていたことだったからかもしれない。

俯《うつむ》くセシリアに、グレースは一つ息を吐《つ》いたあと、妙《みょう》な間を空け、口を開く。

「ただ、それでもセシリアさんが諦めたくないというのなら、一つだけ方法があります」

「方法？」

「捜し出せないのなら、強制的に呼び出すんです。相手は無法者ではなく、身分のある王族。正式な書状があれば、私たちの前に引き摺《ず》り出せます」

「それは……」

嫌《いや》な予感が頬《ほお》を滑《すべ》る。

王族を呼び出す。

そんな芸当ができる人間なんて、世の中、そんなに多くはない。

「セシリアさん。オスカーに協力を仰《あお》ぎましょう。彼にすべてを話してください。私が考えるに、それしか方法はありません」


それから、三日後。セシリアの姿はアーガラムのそばの森の中にあった。

彼女の左手側にはいつもより水嵩《みずかさ》の増した川が流れており、右手側は高い崖《がけ》がそそり立っている。道は馬車が通れるぐらいの幅《はば》があるが、その道も舗装《ほそう》されていないうえぬかるんでおり、ところどころ水たまりができていた。

「すみません。みなさんにまで手伝ってもらってしまって……」

先頭でそう頭を下げたのは、エルザだった。『みなさん』というのは、彼女の後ろにいる、セシリア、リーン、ヒューイ、ジェイド、オスカー、ダンテの六人である。

エルザの申し訳なさそうな顔に、セシリアは首を振《ふ》った。

「これぱっかりは仕方がないですよ。それに、手伝いを申し出たのは俺たちなので、気にしないでください！」

「本当にすみません。本来ならお手伝いを申し出られても断らないといけない立場なのはわかっているのですが、私たちも切羽詰《せっぱつ》まっておりまして……」

エルザはそう言いながら視線を落とす。

ことの発端《ほったん》は昨日の夕方。その日、エルザと神殿《しんでん》からやってきた修道女たちは、翌日のネサンスマーケットの準備をしていた。

ネサンスマーケットは、約一ヶ月も続くバザーなので、当然何日かに一度、商品を補充《ほじゅう》しないといけない。

そして、昨日はその何日かに一回の商品補充の日だった。しかし、いつまで経っても神殿からの馬車は来ない。当然、物も届かない。

どうしたのかと心配していると、しばらく経ってから、馬車がぬかるみにはまってしまい動けなくなったとの連絡《れんらく》があった。しかもその時に馬車も壊《こわ》れてしまったらしく、もうこれ以上は走行ができないとの話だったのだ。

「幸いなことに、馬車が立ち往生をしてしまったのはアーガラムからそんなに離《はな》れていない場所だったので、私たちが直接物を取りに行くことにしたんですが……」

近くまでは荷馬車で行けるのだが、舗装されていない山道はやはり人力で運ばなくてはならないということで、彼女たちは困ってしまったらしい。

というのも、エルザを含《ふく》め、神殿から来た人たちは全員女性だ。しかも、人数も五人と少ない。これでは重いものは持ち運べないし、量も持ってはいけないだろう。馬車を操《あやつ》ってきた御者《ぎょしゃ》は男性だが、彼は馬車が壊れてそれどころではないのが現状だった。

そんな状況に困っていた時、たまたま学院が休みだったセシリアたちがシゴーニュ救済院にいたのである。

ちなみに、ヒューイはネサンスマーケットの手伝い、ジェイドはリーンと次の出版についての打ち合わせ、オスカーは救済院の視察で、ダンテはなんとなくオスカーについてきたという形だ。

「最近雨が続いてたもんね。こうぬかるんでちゃ、馬車ではちょっときついよねー」

そう言いながら空を見上げるのはジェイドだ。まだ降り出してきてはいないものの、空は厚い雲が覆《おお》っており、今にも雨がこぼれ落ちそうである。

エルザはまだ謝り足りないのか、頭を下げた。

「殿下も本当にすみません！　しかも、兵まで貸していただいて……」

「それは、気にしないでください。彼らも俺についてくるだけじゃ、身体が鈍《なま》ってしまうでしょうから……」

余所行《よそゆ》きの顔でそう言うオスカーに、エルザはまた深々と頭を下げる。

オスカーの兵と修道女たちは、彼らより先に馬車に向かっていた。

そんな彼らの背中を見ながら、セシリアは三日前のグレースの言葉を思い出していた。

『セシリアさん。オスカーに協力を仰ぎましょう。彼にすべてを話してください。私が考えるに、それしか方法はありません』

「そんなこと言われてもなぁ……」

思わずそう言葉が漏《も》れる。

前にリーンも言っていたが、もう正直、オスカーが自分のことを害するとはセシリアだって思っていない。それは、セシルの正体がセシリアだとバレても同じだろう。気分は害してしまうかもしれないし、嫌《きら》われてしまうかもしれないが、だからと言って何かされることはないだろうし、そう信じている。

(だけど、今更《いまさら》、だよなぁ……)

今まで男友達だと思っていた人間が、実は女性で婚約者《こんやく》でした……というのは、どうなのだろう。しかもその上で、『神子候補に選ばれています。ピンチになりました。助けてください！』と言うのは、あまりに都合がよすぎないだろうか。

(私が同じ立場だったら、絶対嫌な気分になるやつだもんなー……)

だからと言って、それで友人からの頼《たの》みを無下に断るような彼ではないと思っているのだが。

だからこそ、彼の気持ちを踏《ふ》み躙《にじ》るような真似《まね》はしたくなかった。

セシリアは歩きながら「はぁ……」と肩《かた》を落とす。

もう正直、どうしたらいいのかわからない。

そんな彼女を心配したのか、リーンが覗《のぞ》き込んでくる。

「どうしたの？　体調悪い？」

「そういうわけじゃないんだけど。グレースと話したことがちょっとね……」

「グレースと？『選定の剣《けん》』のこと、何か進展があった？」

「進展というか、後退というか……」

どう言えばいいのか微妙《びみょう》な感じだ。

状況《じょうきょう》的には突破口《とっぱこう》が見えた感じではあるが、精神的にはどん詰《づ》まりである。

セシリアの曖昧《あいまい》な返しに、リーンは「結局、どっちなのよ」と目をすがめた。

「あ！　そういえば私、さっき修道女たちから変な話を聞いたんだけどね！」

「変な話？」

「なんか数ヶ月前から、神殿で修道女の幽霊《ゆうれい》が出るって噂《うわさ》があったらしいの！　なんか、見た人も大勢いるみたいで……」

それがどうしたというのだろう。セシリアは首を捻《ひね》る。

　こう言ってはなんだが、ああいう古い建物ではよくある話だ。現に、ヴルーヘル学院の旧校舎でも幽霊が出るという噂があったりする。

「それがどうしたの？」

「実はその幽霊、私たちが『選定の剣』を見つけられなかった日から、パッタリと出なくなったらしいのよ！」

　話の行き着く先がわからず、セシリアは「へー……」と曖昧に相槌《あいづち》を打った。

　リーンはセシリアにしか聞こえない声を出しながら、腕《うで》を組んだ。

「その話を聞いて、私少し考えたんだけど！　その幽霊、もしかしてジャニス王子だったんじゃないかしら」

「えぇ⁉」

「女装して、夜な夜な『選定の剣』を探してたのよ！」

　まるで『犯人はお前だ！』と言わんばかりにリーンはセシリアの鼻先に指を突《つ》きつけた。

　最初は驚愕《きょうがく》していたセシリアだったが、数秒経《た》って我に返ると、彼女の指をゆっくりと退《の》けた。

「それは、さすがに無理じゃない？」

「どうして？」

「だって、ジャニス王子って顔は綺麗《きれい》だけど、背は高いし、身体《からだ》も結構それなりにしっかりしてるからさ。もし、女装してたら一発でわかっちゃうよ」

「じゃぁ、黒髪《くろかみ》の護衛の人は？　私は見たことないけれど、そんな人がいるんでしょう？」

「一緒《いっしょ》じゃないかなぁ。ジャニス王子とあんまりかわらない体格だったし……」

その言葉を聞いて、リーンは「そうなのね……」と少し残念そうにセシリアに向けていた指先を収めた。

「というかさ。そもそも、神殿に部外者は入れなくない？　招かれた私たちが入る時でさえ、色々チェックされたのに……。部外者がそう何度も何度も出たり入ったりできる場所じゃないって……」

無理やり強行突破《きょうこうとっぱ》するのなら話は別だが、そうでないのなら難しい場所である。

さすが、神子《みこ》の住まう神殿《しんでん》だ。警備態勢は万全《ばんぜん》である。

しかし、その言葉にリーンは腰《こし》に手を当て、怒《いか》りをあらわにした。

「それじゃ、そもそもジャニス王子はどうやって入ったのよ！　関係者に変装でもしてたってわけ？」

「え？　それは……」

確かに、どうやって入ったのだろう。転生者しか知ることのできない剣のありかを知っていたこともそうだが、そもそも神殿内部に潜《もぐ》り込んだ方法がわからない。

「もしかして――」

　セシリアが、そうつぶやいた時だ。

「セシル!! 上――！」

　まるで頬《ほお》を叩《たた》くような鋭《するど》い声が彼女の背中からかかった。ジェイドのものだ。

　その声に顔を上げると、眼前いっぱいに大きな岩が見える。それが崖《がけ》の上から転がり落ちてきたものだと気がついた時には、もう身体は反射的に岩を避《よ》けていた。とんでもない音を立てながら、岩が真横を通り過ぎる。その岩はそのまま崖を転がり落ち、隣《となり》の川に落ちていった。

　そして続けざまに大小様々な岩が転がり落ちてくる。

「くそっ！　雨で地盤《じばん》が緩《ゆる》んでたのか！」

「みんな気をつけろ！」

　セシリアはすぐさま宝具を展開し、その場にいた人間を岩から守る。

　まるで透明《とうめい》なガラスのようなそのドームに、小さな石は砕《くだ》け、大きな岩は弾《はじ》かれていった。

　しかし――

「きゃあぁぁ！」

「エルザさん！」

　先頭を歩いていたエルザだけ、取り残される形になってしまう。恐怖《きょうふ》でしゃがみ込むエルザに無数の岩が襲《おそ》い掛《か》かる。

「リーン、これ！」

セシリアは咄嗟《とっさ》に自分の宝具をリーンに押し付けた。そして、彼女の「ちょっと！」という制止を聞くことなく、ドームから飛び出し、エルザに駆《か》け寄った。

「大丈夫《だいじょうぶ》ですか⁉」

「あ、あぁ……」

恐怖で震《ふる》えるエルザの手をセシリアは摑《つか》んだ。そして、「あれに入れば大丈夫ですから！」と、ドームまで走ろうとしたその時──

「え？」

今度は視界が下にずれた。

「セシル！　エルザさん！」

リーンの悲鳴のような声に、自分たちの足元がくずれたのだと知る。

地面ごと川に向かって滑《すべ》り出したのだ。

「きゃあぁぁぁぁ！」

「──っ！」

セシリアは咄嗟にエルザの腕を摑んで、彼女をドームまで投げ飛ばした。

彼女の身体をダンテが受け止める。

そして、セシリアは地響《じひび》きにも負けない大声を張る。

「リーン！　あとはお願い‼」

「ちょっと！　セシ――」

リーンの言葉を、セシリアが最後まで聞くことはなかった。

その前に意識がプツリと途切《とぎ》れてしまったからである。

自分の無力さを感じる暇《ひま》もなかった。

茶色い土砂《どしゃ》と一緒に、濁流《だくりゅう》に流される彼女を見た瞬間《しゅんかん》、思考よりも、感情よりも、身体が先走った。

「ダンテ、あとは頼《たの》む！」

「オスカー！」

「止めるな！　恨《うら》むぞ！」

ダンテが伸《の》ばしてきた手を、オスカーは反射的に振《ふ》り払《はら》う。

本当は止められるまでもなく、自分で止まらないといけない。

自分の身体は、頭は、自分だけのものではなく、この国のものなのだから。

国を動かす歯車の一つになるために、自分は生まれてきたのだから。

だからオスカーは、自分の意志で自分を危険に晒《さら》してはいけないし、感情のままに動いてはいけない。理性は何よりも優先するべきだし、選択《せんたく》は常に最善を選ばなくてはならないのだ。

そんなことはわかっている。わかっているのだ。

この場での最善の選択は、このまま一旦《いったん》場が収まるのを待ち、それぞれの安全を確保したのちに、セシリアの捜索《そうさく》を始めることだ。

だけど、オスカーにそんな選択はできなかった。選択肢《せんたくし》にも出せなかった。

このまま、宝具も何もない彼女を放置していたら、どうなってしまうかぐらいは想像ができるからだ。

オスカーは駆け出し、セシリアを追うように自ら川に身を投じるのだった。


目を覚ましたら、知らない天井《てんじょう》だった。

……なんて展開は、この運命の一年が始まってもう三回目だけれど。目を開けた先の天井が、走る馬車のものでも、山小屋のものでもなく、自然にできた岩の天井だというのは、実に初めての経験だった。

セシリアは重い身体を起こす。すると、身体の上にかかっていた薄《うす》い毛布がするりと太ももの方へ落ちていった。

そのまま、まだ焦点《しょうてん》の合わない目であたりを見回す。どうやらセシリアのいる場所は、洞窟《どうくつ》のようだった。

誰《だれ》がつけたのか洞窟の真ん中には、赤々と燃える焚《た》き火があり、周りの岩にはセシリアのものと思われる上着と、もう一つ、セシリアのものよりワンサイズ大きな上着が掛けるようにして干されていた。

近くに木箱がおいてあるところから察するに、おそらくここは、狩猟《しゅりょう》などの際に誰かが休憩《きゅうけい》場所として使っている所なのだろう。セシリアの身体《からだ》にかかっていた毛布も、おそらくあの箱から出したものだ。

「でも、誰が——ぁっ!」

そう呟《つぶや》くと同時に、セシリアは苦悶《くもん》の表情で身を屈《かが》める。

身体中が痛い。

シャツの袖《そで》を捲《めく》ると、ところどころ青くなってしまっていた。内出血である。きっと川に落ちた際に身体中をいろんなところへぶつけてしまったのだろう。

手や足首のような服の外に晒されている部分は、どこもかしこも無数の擦《す》り傷《きず》ができてしまっていた。見えないが首や頬の方も痛いので、こちらにも傷がついてしまっているに違《ちが》いない。

手の甲《こう》の傷は少し深く、じわりと血が滲《にじ》んでいた。

セシリアはまるで何かを確かめるように、手のひらを握《にぎ》ったり開いたりする。

(痛い。でも――)

「私、生きてる……」

「死ぬつもりだったのか？」

「え？」

その声に顔を上げる。すると、洞窟の入り口に赤い髪《かみ》の男が立っていた。しかも上半身裸《はだか》である。外が暗いためか顔が見えず、セシリアは「ひっ！」と小さな悲鳴のような声を上げてしまう。そんな彼女に男は容赦《ようしゃ》なく近づいてきた。

「何を驚《おどろ》いてるんだ。――俺だ」

「あ。………オスカー」

「やっと起きたか」

安心したようなその声に、彼を心配させていた事実を知る。

オスカーはセシリアの側《そば》にしゃがみ込むと、泥《どろ》でもついていたのか、彼女の頬《ほお》と額を手で拭《ぬぐ》った。

その自分のものではない体温にセシリアの身体は弛緩《しかん》し、口元が緩《ゆる》む。

有り体《てい》に言って、安心したのだ。自分は助かったのだと、先程《さきほど》よりも強く実感する。

「痛いところはあるか？」

「えっと、そこら中……」

「それは、大変だな」

困ったようにそう言って、オスカーは苦笑《くしょう》を浮《う》かべた。しかし、受け答えができる状態だとわかって安堵《あんど》したのだろう。彼はもう一度立ち上がり、セシリアの隣《となり》に腰《こし》を下ろした。

二人の前には焚き火があり、たまに小さく爆《は》ぜたような音を響《ひび》かせる。

オスカーはその火を見ながら口を開いた。

「さっき外を見てきた。ここら辺の地理に詳《くわ》しいわけではないが、おそらく思ったほど流されてはいない。一応目印をつけてきたから、ギルバートあたりが捜索に来ればきっと見つけてもらえるだろう」

「自分たちで登るのは……？」

「それは難しいかもしれない。上の道まで結構な距離《きょり》があるからな。できたとして、明日《あした》の朝。少なくとも、外が暗い間は動かないほうがいい」

その声に外を見る。外は、真っ暗……というわけではないが、夜がもうすぐそこまで迫《せま》ってきている暗さだ。彼の言う通り、安易に動くべきではないだろう。

セシリアは「そっか。わかった」と一つ頷《うなず》いた後、隣にいる彼を覗《のぞ》き込んだ。

「えっと。今更《いまさら》だけどさ、オスカーが助けてくれたの？」

「まぁ、そうだな。そういうことになるな……」

「ありがとう！　助かったよ！」

「いや……」

（あれ？）

セシリアはその時、オスカーの様子がおかしいことに気がついた。おかしいと言っても、体調が悪そうなわけでも、怪我をしている風でもない。ただ、セシリアと目を合わせてくれないのだ。

　不安になったセシリアは、彼の腕《うで》をつつく。

「オスカー？」

「セシ……」

　こちらを向いてくれたものの、なぜかオスカーはそこでぴたりと止まってしまう。彼はしばらく固まったあと、眉間《みけん》の皺《しわ》をもんだ。

（もしかして、怒《おこ》ってる？）

　考えてみれば、当然だ。セシリアとしてはエルザを助けるためにやったことだが、あまりにも自分を顧《かえり》みない行動だった。しかも、そんな自業自得《じごうじとく》の彼女を助けるために、オスカーはかなりの危険を冒《おか》してくれたようだった。確かに、これは怒られても仕方がない案件だ。

　セシリアはしゅんと頭《こうべ》を垂れると、反省したような声を出した。

「ごめん、オスカー。俺、無茶《むちゃ》しすぎたよね。そのせいでオスカーまで危険な目に遭《あ》わせちゃって……。ほんと、今回は反省しています」

「……そうだな。確かに、言いたいことは色々あるが、とりあえず……」

「とりあえず？」

「国外逃亡《とうぼう》はするな、頼むから」

「え？　国外逃亡って……」

意味がわからない。

セシリアが首を捻《ひね》ると、オスカーはぞんざいに「ちゃんと自分の状況《じょうきょう》を確かめてみろ」と言ってくる。彼女は反対方向にもう一度首を捻ったあと、言われた通りに自身の状況を確かめた。

（えっと、ここは洞窟で、目の前には焚き火。上着はあそこで乾《かわ》かされていて、私の身体には毛布が――）

「ん？」

セシリアは自分の身体を見下ろした瞬間《しゅんかん》、妙《みょう》な違和感《いわかん》を覚えた。しかし、その違和感の正体がどうにも判然としない。シャツを着ていて、ズボンも穿《は》いている。その上には毛布がかけられていて、手の甲には傷。

シャツ、ズボン、毛布、傷。

傷、毛布、ズボン、シャツ。

（シャツ？）

セシリアは、ようやく違和感の正体にたどり着く。そうだ、シャツだ。シャツが妙につっぱっているのだ。シャツの第三ボタンが妙に頑張《がんば》っている。肌《はだ》を晒《さら》さないように、最後の踏《ふ》ん張りを見せている。

(そうか、男性ものだからね。――ん？『男性もの、だから？』)

セシリアは自身の胸に手を当てた。そこには当然のごとく胸がある。

ただし、その胸は男性のものではなく、女性の――

「――っ！」

自分がどういう状況になっているか気がついたセシリアは、慌《あわ》てて毛布を抱《だ》きしめた。これでもかと体温が上がる。こっそり胸元《むなもと》を覗けば、胸を押さえていた布が緩んでしまっているのが確認《かくにん》できた。どうやら川に落ちた時の衝撃《しょうげき》で、こんなことになってしまったらしい。

セシリアはまるで膝《ひざ》を抱《かか》えるようにぎゅっと身体を小さくさせた。すると今度は、横に何か糸のようなものが垂れてきた。彼女はそれを掬《すく》い上げる。

(これって……髪!?　ってことは、カツラまで!?)

よくよく見てみれば、手元に見覚えのあるハニーブロンドが置かれていた。

つまり、カツラも被《かぶ》っていなければ、胸に布も巻いていない状態で、セシリアはセシルとしてオスカーに接してしまっていたのだ。

「わ、私……」

声が震《ふる》える。

隣を見れば、「ようやく状況がわかったか」というような顔で、オスカーが視線だけをこちらに向けてきていた。

セシリアは羞恥《しゅうち》を乗り越《こ》えて、口を開く。

「お、お久しぶりです。殿下《でんか》」

「お前、どうしてこの状況でまだ隠《かく》し通せると思ってるんだ……」

さすがに呆《あき》れたようにそう言われた。

「え、えぇっと……」

「いつも通りに話せ。今更かしこまられても、変な感じになるだろ。お互《たが》い……」

「は……うん」

『はい』を『うん』に言い直し、セシリアはオスカーから視線を外し、目の前の焚《た》き火を見つめた。状況は飲み込めたが、いまだに頭は混乱している。

男装のことを打ち明けるにしても、もうちょっと手順を踏んでから打ち明けるつもりだったのに。なんというかもう、考えていたことが全《すべ》て水の泡《あわ》だ。

そんなセシリアの心情を知ってか知らずか、オスカーは確認《かくにん》するように口を開く。

「呼び方は、『セシリア』でいいのか？　『セシル』のままがいいなら、そう呼ぶが……」

「えっと。セシリア、でいいよ」

「わかった」

「……」

「……」

沈黙《ちんもく》。

（き、気まずい!!）

自業自得だが、居た堪《たま》れなさがすごい。

これがいつもの日常で、ここが学院内であったのなら、セシリアは一目散《いちもくさん》に逃げ出していただろう。それぐらいの空気の重さだ。しかし、悲しいかな。今は非日常で、ここは洞窟《どうくつ》の中なのである。しかも、外は暗く、雨も降り出してきた。

逃げ場は――ない。

（どうしよう……）

セシリアが青い顔で俯《うつむ》いていると、オスカーはそこに置いてあった枯木《かれき》を火にくべた。薪《まき》の爆ぜる音が大きく鳴り、火の勢いが少しだけ強くなる。

セシリアはそんな彼の顔をそっと盗《ぬす》み見た。

彼の横顔は、本当にいつもと変わらない。希望的観測かもしれないが、怒っているようにも、不機嫌《ふきげん》そうにも見えない。

「あのさ、オスカー」

「ん？」

「気のせいかもしれないんだけど、もしかしてあんまり驚《おどろ》いてない？」

「まぁ、そうだな」

「まさかとは思うけど、私が女だってこと気がついてた？」

その言葉に、オスカーは少しだけ驚いたような顔でセシリアの方を向いた。数度目を瞬《しばた》かせると、また火の方に視線を戻《もど》す。そして数秒の逡巡《しゅんじゅん》の後、彼は遠慮《えんりょ》がちに「……まぁな」と頷《うなず》いた。

その答えに、セシリアはオスカーにかぶりつく。

「いつから気がついてたの!?」

「な、夏ぐらいか？」

「夏!?」

セシリアはひっくり返った声を上げる。

夏なんて、数日前とか、数週間前とか、そういうレベルの話ではない。ともすれば、半年近く前の話になるのではないだろうか。

そして、夏と言われれば、心当たりは一つしかない。

「ま、まさか、あのコテージで？」

「あぁ」

「なんで言ってくれなかったの？」

思わず責めるような口調になってしまう。

そんな彼女の態度にもオスカーは別段気分を害することなくこう答えた。

「ギルバートから『セシリアは俺に気づかれたと知ったら、国外逃亡《とうぼう》する』と聞いていてな。言えなかった」

「国外逃亡って……」

「しなかったか？」

「いや……」

もしあの時点でバレているとわかったら、その選択肢《せんたくし》ももちろん視野にあっただろう。あの頃《ころ》はまだ、オスカーにバレたら死んでしまうのではないかと本気で思っていたからだ。

（だからさっき、『国外逃亡はするな』って……）

セシリアはようやく、先ほどの発言の意味を知る。

つまり、シルビィ家のコテージで色々あってからこっち、彼はずっとセシルの正体がセシリアだと知ったまま、セシルとして一緒《いっしょ》に行動してくれていたということになるのだ。

（頭が痛くなってきた……）

今までの彼に対する自分の発言や行動を振《ふ》り返ると、ちょっと死にたくなる。

さっきせっかく死地から助け出してもらったのに、気分的には底辺だ。

セシリアの様子をどうとったのか、オスカーは気遣《きづか》うような視線を投げかけてきた。

「そんなことより、寒くはないか？」

「えっと、大丈夫《だいじょうぶ》だよ。火も暖かいし。毛布も、一人で使っちゃってごめんね？」

「別に気にするな。そろそろ服も乾《かわ》くだろうからな。……というか、その容姿でセシルの喋《しゃべ》り方をされると、やっぱり違和感《いわかん》がすごいな」

「それは、オスカーがいつも通りに喋れって言ったんでしょ！」

「それはそうだが……」

困ったような顔をして、オスカーは笑う。

セシリアもつられるように口元に笑《え》みを作った。しかし一拍《いっぱく》おいて、彼女の表情は沈《しず》む。

「あのさ、オスカー。ごめんね？」

「ん？」

「男装のこと、今まで黙《だま》っててさ。……嫌《いや》な気分になったよね？」

今は普通《ふつう》に話してくれているが、本当は怒《おこ》られたって、嫌《きら》われたって仕方がないのだ。ここから助け出された後に『絶交だ！』なんて言われても、セシリアには文句が言えない。

セシリアはぎゅっと拳《こぶし》を握《にぎ》りしめる。

そんな彼女に、オスカーは意外そうな声を出した。

「お前、そういうことを考える頭があったんだな」

「ひ、ひどい！」

「冗談《じょうだん》だ」

全く気にしてなさそうに、オスカーは肩《かた》を揺《ゆ》らす。

そして、落ち込むセシリアを励《はげ》ますような優《やさ》しい声を出した。

「別に、嫌な気分にはならなかったぞ。どちらかといえば、情けなかったぐらいで……」

「情けなかった？」

「あぁ。頼《たよ》ってもらえてないのがわかったからな。ギルバートはもちろんだが、ダンテやリーンも知っているのに、なんで俺だけは何も教えてもらえないのだろうかと、少しだけ卑屈《ひくつ》になったりもした」

彼の意外な反応に、てっきり軽蔑《けいべつ》されると思っていたセシリアは目を瞬かせる。

「オスカーは、私に頼ってもらいたかったの？」

「当たり前だろう。婚約《こんやく》者だぞ、俺は」

「え？」

「これからずっと一緒にいる相手に、頼ってもらいたいと思うのは、当然のことだろう？

……もしかして、忘れていたのか？」

「そ、そういうわけじゃないけど！　改めて言われると、なんか……こう……」

恥《は》ずかしい。

セシリアは俯く。頬《ほお》が火照《ほて》り、体温が上がる。

自分はオスカーの婚約者なのだと、改めて実感した気分だ。

そんな彼女を見てどう思ったのか、オスカーは慎重《しんちょう》に声を出した。

「お前は、俺と結婚《けっこん》したくないのか？」

「え？」

「俺と結婚するのは嫌なのか？　だから男装なんてして学院に通ってるのか？」

「……」

「だから、俺にだけそのことが言えなかったのか？」

一見、彼は平気そうに問うてくる。しかし、声の端々《はしばし》にどこか悲しげな、不安げな感情が見え隠《かく》れしていて、セシリアはたまらず立ち上がった。

「ち、違《ちが》うよ！」

「っ！」

「オスカーにだけ言えなかったのは、その、私なりに理由があるんだけど！　結婚するのが嫌とかそういうんじゃなくて！」

そもそも、彼と本当に結婚するだなんて考えたことがなかったのだ。だって彼はリーンのことを好きになる予定だったのだし、セシリアとどうこうなるルートなんて端《はな》から存在しなかった。婚約者になっておいてなんだが、本当にこの婚約が成るとは少しも思っていなかったのだ。

セシリアの必死の否定に、オスカーは少し黙り込んだ後、口を開く。

「本当か？」

「うん！」

「本当に、嫌じゃないんだな？」

「嫌では、ないよ」

なぜか念入りに確認《かくにん》され、セシリアは首を傾《かし》げながら頷いた。

その頷きに、オスカーはニヤリと唇《くちびる》を引き上げる。ちょっと悪い顔だ。

「言ったな？」

「え？」

「決めた。もう俺からは婚約解消の話はしない！」

「えぇ⁉」

思わぬ展開に、セシリアは思わずひっくり返った声を上げてしまう。

しかし、彼は当然というように、未《いま》だ立っているセシリアを見上げた。

「嫌じゃないんだろう？」

「いや。そりゃ、嫌ではないけど……」

「嫌がらないなら手放さない。そんな余裕《よゆう》は、俺にはないからな」

オスカーはそう言って、セシリアの手をぎゅっと握る。

彼の手から伝わってくる自分のよりも少しだけ高い体温に、セシリアは狼狽《うろた》える。

そして、オスカーはまるで最後だというようにこう口にする。

「大丈夫だ。大切にする」

その言葉に、セシリアは一瞬《いっしゅん》にして赤くなると「ちょっと休ませてください」とその場にしゃがみ込んでしまうのだった。

◆

この世には、理解しないといけないとわかっていても、理解できないことがある。

「……えっと、もう一度聞いていいか？」

「だから！　予定では、オスカーは私のことを恨《うら》んでいて、殺しちゃうような話もあったりして、リーンと私の仲も険悪で……」

セシリアの要領を得ない話にオスカーは眉間《みけん》の皺《しわ》をもむ。

前世の話とやらを彼女に説明させるのはこれで三回目なのだが、彼女の話がまとまっていないせいで、どうにも理解できない。

いや、本当は理解していないわけではない。彼女の言っている意味はわかるし、言葉の羅列《られつ》では内容は入ってくるのだ。ただ、どうしようもなく飲み込みにくい。というか、飲み込みたくない。

（なんで俺が、セシリアを殺すなんて運命があるんだ……）

彼女の言っている『ゲーム』というのは意味がわからなかったが、未来を知っている、と解《かい》釈《しゃく》すればいいのだろうということはすぐに理解した。しかしその未来で起こる出来事で、自分が必ずと言っていいほどセシリアの敵になってしまうのが気に食わない。というか、どうしたらそんな未来になってしまうのか全くわからない。

まぁ、一番わからないのは――

「ってことで、だから私は男装して学院に通うことにしたんだけど！」

彼女の話の帰結だが。

オスカーはいっこうに解《ほぐ》れない眉間の皺をもむ。

（でも確かに、これは『理解できない』な）

セシリアの男装に気がついた時、ギルバートは彼女が男装している理由を『オスカーには理解できない』と言っていた。その時はバカにされているのかと思ったが、これは確かに理解できない。

「それで、ジャニス王子から『選定の剣《けん》』を取り戻《もど》すのに協力して欲しいんだけど……」

セシリアは説明を締《し》めくくるようにそう言った。

オスカーは少し考えた後、言葉を選ぶ。

「それは別に構わないぞ。呼び出すのも生誕祭の式典があるから、それでいいだろう？　ちょうどノルトラッハにも招待状を出そうとしていた時期だからな。適当に理由をつけて名指しをすれば応じてくれるだろう」

「でも、頼《たの》んでおいてなんだけど、国王様とかオスカーに迷惑《めいわく》かからない？」

「本当に頼んでおいてなんだな」

心配そうな顔をするセシリアに、オスカーは呆《あき》れたように腕《うで》を組んだ。

「まぁ、その辺はなんとかなるだろう。『選定の剣』は、そもそもトルシュのものなのだし、ジャニス王子からしても後ろ暗いことだろうから、何かあっても公《おおやけ》にはできない。ましてや抗《こう》議《ぎ》なんてできないだろう」

「そっか」

「ただ問題は、呼び出した後どうするか、だ。わかっていると思うが。交渉《こうしょう》しても応じてくれる相手じゃないぞ？」

その言葉に、セシリアは自信満々に胸を叩《たた》く。

「そこは、私に考えがあるの！」

「お前の考えはあてにできん」

「ひどい！」

「ひどくない」

　これまでの経験と、彼女に対する（逆の）信頼《しんらい》の賜物《たまもの》である。

「とりあえず、ギルバートと作戦を練ってみよう。俺に何ができるかはわからないが、そういうことならできるだけ協力させてもらう」

「ありがとう、オスカー！」

　セシリアの容姿で、セシルの反応をする。

　そんな彼女を見ていると、自然と笑《え》みが溢《あふ》れた。

（こいつ本当にセシルなんだな）

　改めてそう思う。

　想像していたセシリア像とは随分《ずいぶん》とかけ離《はな》れているが、こっちも悪くない。むしろこっちの方がずっといい。

　そんなオスカーの視線に気づくことなく、セシリアはまるで意気込むように立ち上がった。

　胸元《むなもと》に掲《かか》げているのは拳《こぶし》だ。

「よっし！　こうなったら、気合い入れなくっちゃ！」

「気合い入れるのはいいが、その前に身体《からだ》の傷は治してもらえよ？」

「うん！　お腹《なか》の方とか、結構派手にぶつけちゃったみたいで、痛いんだよね」

そう言って彼女はぺらりとシャツを捲《めく》り上げた。その瞬間《しゅんかん》、オスカーは声にならない悲鳴をあげた。

「お前、今――！」

「あ、ごめん！　でもオスカーも裸《はだか》だし、おあいこだよね！」

ちょっと何を言ってるのか意味がわからない。もしかして彼女は、自分が腹部を晒《さら》すことと、オスカーが腹部を晒すことを同等に考えているのだろうか。だとしたら由々《ゆゆ》しき問題である。お腹だからいいという話ではない。お腹でも、ダメなのだ。

（ギルバート、大変だったんだな）

失敗を隠すように笑うセシリアを見ながら、思わずそう同情してしまう。

こんな危なっかしいのが義姉《あね》で、想《おも》い人だったら、オスカーならちょっとおかしくなっていたかもしれない。

セシリアはシャツを戻した後、そういえば、と顔を上げた。

「オスカー、シャツはどこいったの？　乾《かわ》かしてるの、上着だけだよね？」

「あ？　あぁ、お前の頭の下に敷《し》いていたな。そういえば」

「え!?」

セシリアは勢いよく振《ふ》り返った。彼女の後ろには折り畳《たた》まれたシャツが置いてある。

こんな岩の床《ゆか》に寝《ね》かせるのは申し訳なかったので、頭だけでも……と思い彼女の下に敷いたのだ。自分の上着を彼女の下に敷くことも考えたのだが、濡《ぬ》れていたし、逆に体温を奪《うば》ってもいけないと思ったのでそれは控《ひか》えておいた。

「ごめん！　すぐに乾かしておけばよかったね！」

慌《あわ》てた様子でセシリアはシャツを手に取る。火に晒していなかったそれは、まだしっかりと濡れそぼっていた。一応は絞《しぼ》って彼女の頭の下に敷いたはずだが、彼女の髪《かみ》の毛の水分を吸ったためか、敷いた時よりも濡れている気がする。

「ごめんね、私のせいで。……寒いよね？」

「いや、上着が乾けばそれを着るから大丈夫《だいじょうぶ》だ」

申し訳なさそうに俯《うつむ》くセシリアに、そうフォローを入れる。

すると彼女は自身の肩《かた》にかかっていた毛布をおもむろに差し出してきた。

「それじゃ、せめてこれ使って？　私はもう大丈夫だから」

「それはお前が使え。俺も大丈夫だ」

「でも！」

「お前は服が乾かせないんだから、当然だろう？」

オスカーは脱《ぬ》げばいいが、彼女はそうも行かない。濡れた服が体温を奪うのは幼子だって知っていることだ。

セシリアは「そうだけど……」としばらく迷った後、毛布を自身の肩にかけ、広げてみせた。

その瞬間、濡れて肌《はだ》に張り付いた彼女のシャツが目に入る。

「じゃぁ、一緒《いっしょ》に使う？」

ごん、と後頭部が岩の壁《かべ》に当たった。

(何言ってるんだ、こいつは……)

その感情は、混乱よりも、呆れよりも、怒《いか》りに近い。

肌の白が透《す》けるほど濡れたシャツを着た想い人の隣《となり》に座り、同じ毛布にくるまって、平然を装えるほど自分はまだ枯《か》れてはいない。というか、枯れる枯れないの話ならば、全盛期だ。思春期真っ只中《ただなか》である。

オスカーは思わず彼女から距離《きょり》を取る。

「大丈夫だ！　気にするな！」

「でも……」

「でもじゃない！　いいからこっちに寄ってくるな！」

まさか自分が彼女に対して「こっちに寄ってくるな」なんて言葉を使うとは思わなかった。

セシリアはどこまでも純粋《じゅんすい》に、心配げな顔で毛布を持ったままこちらににじり寄ってくる。

「でも寒いよ？」

「今は暑いぐらいだから、心配するな！」

「そんなに気を遣《つか》わなくても……」

「お前が俺に気を遣ってくれ！」

気がつけば立ち上がり、セシリアから距離をとってしまっていた。背中に当たる岩の壁が冷たいが、それ以上に身体が熱い。

彼女も意地になってきたのか、立ち上がりこちらに歩み寄って来る。

このままでは、色んな意味で殺される。

彼女は可愛《かわい》らしい顔で小首を傾《かし》げた。

「オスカー？」

「俺は……」

「？」

「俺は『大切にする』と言ったんだ！」

数分前の話である。

頼むから、好きになった相手のことぐらい大切にさせてほしい。

どうして、飢《う》えた獣《けもの》の鼻先に生肉を置いて我慢《がまん》できるのが当然だと、彼女は思っているのだろうか。というか、彼女の中ではここに獣はいないし、生肉はないのか。そうか。それなら察しろというのは無理な相談かもしれない。

でもここにはちゃんと獣もいるし、生肉もあるのだ。

獣の理性が鉄壁《てっぺき》で、生肉の方は自覚がないだけで。

「オスカー、さっきから何言ってるの？」

「その言葉そっくりそのままお前に返すぞ。何言ってるんだ、お前！」

「えっと、『毛布に一緒に入ろう』？」

「だから、本当に何言ってるんだ！」

「ほら、遠慮《えんりょ》しないで！」

なぜか知らないが、気がつけば壁際《かべぎわ》に追い詰《つ》められている。

「風邪《かぜ》ひいちゃうよ？」と小首を傾げているが、入るぐらいなら風邪をひいたほうがいくらかマシだ。

「ほら！」

「だから――」

毛布を差し出してきた彼女の腕《うで》を振り払《はら》う。

しかし、その瞬間――

「えっ――」

勢い余ってセシリアの身体に腕が当たってしまった。

後ろに倒《たお》れるセシリア。

オスカーは咄嗟《とっさ》に彼女の腕を摑《つか》む。

「――っ！」

彼女の後頭部を抱《かか》えた瞬間、膝《ひざ》から落ちた。そのまま前のめりに身体が倒れ込む。痛む手のひら。熱い膝頭《ひざがしら》。彼女の頭を支えた手の甲《こう》にはジャリッと砂の感触《かんしょく》がした。

「えっと、ごめん……」

「は?」

セシリアの謝罪で目を開けると、オスカーはセシリアを押し倒してしまっていた。

「――っ!」

あまりの状態に息ができなくなる。わなわなと唇《くちびる》が震《ふる》え、指先が冷えた。やってしまった、と思うと同時に、やばい、とも感じる。

「オスカー?」

間近で聞こえる彼女の声に、もう心臓が爆発《ばくはつ》してしまいそうだった。

オスカーは奥歯を噛《か》み締《し》める。

もういいんじゃないだろうか。もう十分自分は彼女に忠告したはずだし、我慢だってしてきた。気持ちは十分すぎるほど伝えているし、彼女だって嫌《いや》がってはいない。

もうここで何があっても責任はきっと彼女にある。

そんな悪魔《あくま》の囁《ささや》きに、少しだけ揺《ゆ》らぎそうになったその時だ。

ガサガサと、洞窟《どうくつ》の外の木々が揺れた。

その音に腕の中にいたセシリアは身体《からだ》をびくつかせる。

「オ、オスカー？」

「大丈夫だ」

一瞬《いっしゅん》にして冷静さを取り戻《もど》したオスカーは、その場で息を殺す。

そして――

「セシル、殿下《でんか》、ここに――」

「……あ」

「は？」

「あ、ギル！」

跳《は》ねるような声を出したのはセシリアだ。その一方で、セシリアを押し倒した状態のオスカーは顔を青くさせ、ようやく二人を捜《さが》し出したギルバートは表情を消した。

二人の心情を全く理解していないセシリアだけが嬉《うれ》しそうな顔で、オスカーの腕の下をくぐりギルバートに駆《か》け寄る。

「ギル！　迎《むか》えにきてくれてありがとう！　あのね、オスカーにね、男装の件がバレて……」

「それ、今はいいから……」

ギルバートは自身の上着を彼女の肩《かた》にかけると、二人だけでそそくさと洞窟を後にしようとする。そんな彼らを四つん這《ば》いになったオスカーは慌《あわ》てて止めた。

「ギルバート！　こ、これは、違《ちが》うんだ！　あのな――」

「この、屑《くず》が……！」

ギルバートのその顔は、今まで彼が見てきたどの顔よりも恐《おそ》ろしかった。


セシリアを洞窟《オスカー》から救い出した翌日――

「あのさ。……ギル、怒《おこ》ってる？」

「これが怒ってないように見えたら、逆にすごいよね？」

にっこりとそう微笑《ほほえ》みかければ、本来の姿の女性《セシリア》は、鼻先にまで布団《ふとん》を引き上げ「だ、だよね――……」と声を震わせた。

二人がいる場所はセシリアの私室。昨夜《ゆうべ》のことが祟《たた》ったのか、セシリアは熱を出していた。外傷などはモードレッドに治してもらったのだが、体力の消耗《しょうもう》やそのせいで起こる熱などは彼の治療《ちりょう》の範囲外《はんいがい》だそうで、今こうして身体を休めている最中なのだ。

ギルバートは彼女の寝《ね》ているベッドの隣《となり》にある丸椅子《いす》に腰掛《こしか》けながら、リンゴを剝《む》く。ウサギの形にしているのは、昔からそうやってリンゴを剝くと彼女が喜ぶからだった。

ギルバートは手を動かしながら、口も動かす。

「セシリアは、もうちょっと自分の身を顧《かえり》みてくれないと……」

「はい。ごめんなさい」

ジャニスと会っていた時のこともあってか、セシリアの表情は本当にもうこれ以上ないぐらい反省している。反省しているのだが、だからといって改善されないところが彼女の悪いところであった。

ギルバートはそんな彼女を目の端《はし》で見ながら、ため息をつく。

(でもまぁ、今回は仕方がないことも多かったけど……)

ジャニスのことなどは彼女なりに考えてダンテを連れて行ったりもしたし、今回のことだってエルザを助けるためにはそうするのが最善だったのかもしれない。

ただ、ギルバートからしてみれば、アインとツヴァイは無理やり止めればいいだけの話だし、エルザの命よりもセシリアの命の方が自分にとっては重いのだから、彼女には見て見ぬ振《ふ》りをして欲しかった。

しかし、セシリアがそれをできない人間だということを彼はよく知っているし、そんな彼女だからこそ自分は好きになったのだから、それはこちらが許容するしかない問題だということもわかっていた。

ギルバートはウサギの耳の切り込みを入れながら、話を切り替《か》えるように少しだけ声を張る。

「それよりさ。本当に、殿下に何もされてないんだよね？」

「されてないよ。ギルだって見たでしょ？」

「……見たから言ってるんだよ」

昨日のことを思い出し、ギルバートの声は少し低くなる。

それもそうだろう。必死の思いで森を捜し、ようやく木に括《くく》り付けられたオスカーのクラヴァットを見つけ、安堵《あんど》の気持ちで洞窟を覗《のぞ》いてみたら……


オスカーがセシリアを押し倒していた。


その時のギルバートの心情は、無、である。

完全に、完璧《かんぺき》に、完膚《かんぷ》なきまでに、無、だった。

今までオスカーに真摯《しんし》な言葉遣《ことばづか》いを心がけてきた彼だったが、さすがにあの時は心からの『この、屑が……！』が転がり出てしまった。

「でもギル、言うほど怒ってないでしょ？」

「どうして？」

「んー。なんとなく？」

どこまでも勘《かん》で生きているセシリアは、そう言って首を捻《ひね》る。

ギルバートはそんな彼女の当てずっぽうとも言える言葉に、渋々《しぶしぶ》ながら頷《うなず》いた。

「まぁ、殿下が飛び込んでくれなかったら、セシリア、どうなってたかわからないからね。……その点だけは感謝してる」

それに、ギルバートだってオスカーが本当にセシリアのことを襲《おそ》ったとは思っていないのだ。あれはきっと、このおバカでちょっと考えなしの想《おも》い人が何かやらかしてしまって、そんな彼女を助けるためにとった体勢に違いない。

そういう意味では彼の意気地《いくじ》のなさを信用しているし、誠実さにも一目置いている。

「だったら、オスカーにもそのこと言ってあげればいいのに」

「なんで？」

「ギルのこと気にしてたみたいだからさー」

セシリアは笑いながらそう言う。

確かにあの後、オスカーは馬車に乗るまで『いや、違うんだ』『頼《たの》むから話を聞いてくれ！』と、ギルバートに何か言い募《つの》っていた。まぁ、頭に血の上った彼にそんな話を聞く余裕《よゆう》はなかったのだが……

（あれは確かに俺も大人げなかったかな……）

「オスカー、ギルに名前で呼んで欲しいんじゃないかな」

「は？」

「ほら、前に『殿下』って呼ばないでほしいって言ってたじゃない？　だから……」

「いや、それは知ってるけど。どうして今の話からそんな話になるわけ？」

それはもう何年も前から言われていることで、しかしギルバートが頑《かたく》なに首を縦に振っていない案件でもある。

いきなり変な方向に舵《かじ》を切った話題に、ギルバートの眉間《みけん》には皺《しわ》が寄った。

「だって、どうでもいいって思ってる人に言い訳とかしないんじゃないかなぁって思って。ギルは将来のことも考えて一線を引いてるんだろうけどさ」

そんな『ギルのことならなんでもお見通し』みたいな顔をする彼女に、ギルバートは短く一息ついた後、「ま。気が向いたらそのうちね」と切ったリンゴを差し出した。

「わ！　ウサギだ！」

「こんなことで喜ぶなんて、セシリアはまだまだ子どもだよね。……はい、あーん」

「ぅん。……はひはとう！」

「ん」

熱のせいだろうか、いつもよりあどけない表情でお礼を言う彼女の額に手を当てる。そしてそのまま、手を彼女の頬《ほお》に滑《すべ》らせた。

「まだ少し熱が高いね。もうちょっと食べたらあとは寝ようか」

「うん！」

そう素直《すなお》に頷く彼女に、ギルバートは目尻《めじり》を下げた。


セシリアが眠《ねむ》りについたのは、それから十分後のことだった。

リンゴをもう一片《ぺん》と水を数口飲んだら、あとは落ちるように眠りについてしまった。話した時の口調はいつもの彼女だったが、やはり身体《からだ》には疲労《ひろう》が溜《た》まっていたらしい。

ギルバートは助かったことを確かめるように、セシリアの頬をもう一度撫《な》でる。

「……よかった」

口からこぼれ落ちたのは、心からの安堵の言葉だった。

二人が濁流《だくりゅう》に呑《の》まれたと聞いた時、正直、ギルバートは生きた心地《ここち》がしなかった。前々から危なっかしい彼女ではあったが、この学院に来てからの危《あや》うさは異常だ。ゲームやら、前世やら、死ぬ運命やら、話半分に聞いていた過去の自分を、ちょっと叱《しか》ってやりたい気分である。

頬を撫でられたからか、みじろぎをした彼女にほっとしたような表情を浮《う》かべた後、ギルバートは部屋を出た。

そして、そこで思わぬ人物と出くわすことになる。

「殿下《でんか》？　……なんでここにいるんですか？」

「いや、セシリアの様子が心配で見にきたんだが、中からお前たちの声が聞こえてな……」

気まずそうに頰を掻《か》くのはオスカーだ。

どうやら、見舞《みま》いに来たはいいものの、部屋に入っていいのか迷っているうちに二人の声が部屋の中から聞こえ、割って入るのもどうかと思い、ここで待っていたらしい。

ギルバートは後ろ手で部屋の扉《とびら》をしめながら少しだけ硬《かた》い声を出す。

「生憎《あいにく》ですが、セシリアは眠りましたよ」

「そうか。まぁ、それなら仕方がないな」

そう言ってオスカーが差し出してきたのは、小さな箱。手に取ってみると、それはアーガラムでも有名なショコラ店のもので、箱の外からもわずかに甘ったるいカカオの香《かお》りがした。

「これは？」

「一応、見舞いの品だ。お前からセシリアに渡《わた》しておいてくれ」

「……自分で渡せばいいのに」

「そうは言うが。俺が一人でセシリアの部屋に見舞いに行ったら、お前は怒《おこ》るだろう？」

「当たり前じゃないですか」

「だから自分で渡せないんだ！」

ギルバートの理不尽《りふじん》な物言いに、オスカーは少し苛立《いらだ》ったような声でそう言う。しかし、そんな声を受けても、ギルバートの表情は何一つ変わらなかった。それどころか、彼の声はいつもよりも冷たく廊下《ろうか》に響《ひび》く。

「そもそも、俺のことなんて気にする必要はないでしょう？」

「は？」

「貴方《あなた》はセシリアの婚約者《こんやく》なんですから、部屋に勝手に入ろうが、俺に怒られようが関係ないじゃないですか。男装の件ももう知っている事を隠《かく》さなくてもいいんです。俺のことなんか気にせず、堂々と振《ふ》る舞《ま》えばいいでしょう？」

最後は半ば投げやりにそう言い放った。語尾《ごび》は荒《あら》らげていないが、捨て鉢《ばち》な態度は隠せていなかったかもしれない。

なんとなく、覚悟《かくご》はしていた。オスカーがセシリアの秘密《男装》を知ってしまえば、自分が持っていたオスカーに対するアドバンテージと呼べるものがほとんど意味をなさなくなることを。積み重ねた十年以上の歳月はあるが、それだってどれだけの意味を持つのかわからない。

彼はセシリアの婚約者で王太子なのだ。もしも立場が逆ならば、義理の姉を慕《した》う弟のことなど、自分はもう壁《かべ》にさえ思わないだろう。

オスカーはギルバートの言葉を黙《だま》って聞いたあと、息を吐《は》く。そして、少しだけ視線を落とした。

「俺は、自分の立場を振りかざして無茶《むちゃ》をしようとは思わない。婚約者であることを捨てるつもりはないが、だからといってそれだけで、相手の気持ちを無視するようなことはしたくない。

……俺がいきなり婚約者然として振る舞えば、セシリアだって困惑《こんわく》するだろう？」

「まぁ、そうですね」

「それに、友人に嫌《いや》な思いをさせるのも本望《ほんもう》ではない」

「…………友人？」

ギルバートは理解できないといった表情で顔を上げる。

「セシルのことですか？」

「違《ちが》う、お前のことだ！」

「はぁ⁉」

思わずひっくり返ったような声が上がる。

その反応に、オスカーも眉《まゆ》を寄せた。

「違うのか？　お前が最初に言ったんだろう？『学友だ』って」

「いや、そんなことも言いましたが。あれは……」

言葉のあやだ。売り言葉に買い言葉というやつだ。

オスカーが言っているのは、おそらくギルバートが学院に入学したての四月ごろのことだろう。まだオスカーがセシルに『セシリアに会わせろ！』と詰《つ》め寄っていた頃《ころ》である。

ギルバートの態度に、オスカーは明らかに気落ちした様子で「違うのか？　そうか……」と口にする。

その様子に、ギルバートの口角はさらに下がった。目も思わず半眼になる。

しかし――

「なんか、もういいです……」

諦《あきら》めたようにため息をついた。なんというか、抵抗《ていこう》するのがバカらしくなってきたのだ。

オスカーとは将来のためにも一定の距離《きょり》を保っておくべきだし、気質が合うとは言えないし、なにより恋敵《こいがたき》だ。だから、これまで彼と仲良くする気は皆無《かいむ》だったのだが、相手がこれでは距離も測りにくい。

それに、必要以上に関《かか》わるつもりがなかった以前と比べて、いろんな出来事を経た今は、多少なりとも彼に対する苦手意識も薄《うす》れてきている。

しかも今回、彼は自分の身を擲《なげう》ってまでセシリアを救ってくれたのだ。その点だけは感謝してもしきれない。

ギルバートはオスカーの脇《わき》を通って一人歩き出す。

オスカーはその背に慌《あわ》てた様子で声を張った。

「あ、おい！」

「行きますよ、オスカー。そろそろ作戦も立てないといけませんし、時間は有限です」

振り返りながらのギルバートの言葉に、オスカーは目を丸くしてしばらく固まった。しかし、その驚《おどろ》きの表情は一瞬《いっしゅん》にして苦笑《くしょう》じみた表情に変わる。

「あぁ、そうだな」

少しだけ駆《か》け足になったオスカーはギルバートに追いつく。

彼もそれを確認《かくにん》して、つま先を廊下の先へと戻《もど》した。

「……何か作戦はあるのか？」

「まぁ、いくつか。どちらにせよ人数が要《い》ることなので、気が重いですが……」

「その辺は俺が頭でもなんでも下げてこよう」

「お願いします」

淡々《たんたん》と。いつも通りに。二人の会話は続いていく。

しかし——

「それにしても、お前はやっぱり素直じゃないな！」

なんだか少し嬉《うれ》しそうなオスカーの表情と……

「は？」

遠慮《えんりょ》のない心底嫌そうなギルバートの顔だけが、いつもとは違った。

第四章 対決

十二月二十四日、生誕祭、夜。

夜の静けさに包まれた王宮で、夜の警備に駆り出されたその男は、大きく口を開いた。

「ふわぁぁぁ……」

「おい、あくびなんかしてないでちゃんと見張りしろよ！」

すかさず入り口の右側に立っていたもう一人の兵がそう注意をする。そんな相方に、目に涙《なみだ》を溜《た》めた左側の男が唇《くちびる》を尖《とが》らせた。

「いやしかし、見張りってもなぁ。こんなところ誰《だれ》もこねぇだろ？　来賓《らいひん》用の客室に用事があるやつなんざ、客室を借りている本人ぐらいなもんだぜ？」

「まぁ、確かにな。しかし、今日は客人も多い。何かトラブルが起こってからでは遅《おそ》いんだから、気だけは引き締《し》めておけよ？」

「へいへい」

真面目《まじめ》な右側の男に、左側の男は渋々《しぶしぶ》頷《うなず》いた。

毎年、十二月二十四日——生誕祭本番は、王宮で夜会が行われる。夜会と言っても規模はそこまで大きくなく、仲良くしている隣国《りんごく》の外交官や主要貴族などを呼んだりして交流を深めるのだ。

「なんか、今回はノルトラッハの王族まで呼んでいるらしいぞ？」

「おぉ。気合い入ってるなぁ。いつもは王族なんてあまり呼ばないのに」

「なんか、オスカー殿下《でんか》がジャニス王子と国の将来について話し合いの場を持ちたいとか言って、陛下に頼《たの》んだらしい」

「へぇ。お偉《えら》いさんは大変だねぇ」

そう言った瞬間《しゅんかん》、ふわりと二人の間を風が駆け抜《ぬ》ける。

それに反応を示したのは、左側の男だ。彼は「ん？」と、後ろを振り返る。

「どうかしたか？」

「いや、……気のせいだったみたいだ」

右側の男は「そうか」と頷くと背筋を正す。

「ほら、お前も真面目にやれよ。誰か侵入《しんにゅう》したら、怒《おこ》られるだけじゃ済まないんだからな！」

「それもそうだな」

そう言って左側の男も、ようやく背筋を伸《の》ばすのだった。

る。

「ぷはぁ！　緊張《きんちょう》した！」

そう言って何もない場所から現れたのは、ジェイドだった。続けてアインとツヴァイも現れ

ジェイドは三人を隠《かく》していた自身の宝具を収めると、あたりを見回した。

「とりあえずここまで来れば大丈夫《だいじょうぶ》かな？」

「さっきは緊張したね。見張りの人二人もいたし！」

「わかる！　ボクも隣《となり》通るときに緊張したー」

「お前ら、本当に情けないなぁ」

震《ふる》えるツヴァイとジェイドにアインはあきれたようにそう言った。

彼らがいる廊下《ろうか》は、来賓の客室が集まっている場所で、王宮の中でも普段《ふだん》は使われない場所である。灯《あか》りだけはともっているが、うす暗く、人は一人もいない。

ジェイドは未《いま》だ身《み》震《ぶる》いが収まらない様子で、口を開いた。

「だって、王宮に潜入《せんにゅう》するとか初めての経験だしさ」

「やっぱり見つかったときのこととか考えると、怖《こわ》いよね」

「うん！　怖い怖い！」

ジェイドとツヴァイは互《たが》いに手を握《にぎ》りあう。

そんな彼らを見ながら、アインは腰《こし》に手を当てた。

「お前らそれわかってて、セシルたちに協力するって言ったんじゃないのか？」

「それはそうだけど……」

「やっぱり実際にやってみると怖いというか……」

「お前ら、本当に息ぴったりだよな」

ともすると双子《ふたご》の相方である自分よりもそっくりな気がしてくるアインである。

三人がこんなところにいる理由、それはセシルから頼まれたからであった。

『選定の剣《けん》』やジャニスの能力のことを聞いたのは、一週間ほど前の話。濁流《だくりゅう》に飲まれてもなお無事に帰ってきた彼は、騎士《きし》の七人とギルバートとヒューイを呼び出し、こう頼んできたのだ。

『ジャニス王子から「選定の剣」を取り戻したいから協力してほしいの！』

そこでモードレッドから『選定の剣』の説明と、セシルからそれをジャニスが持っていることを聞いた。話を聞いた一行は、それで『障り《さわ》』が完全に祓《はら》えるなら……と協力を申し出て、今に至るというわけだ。

「でも、僕らがこんな重要な役割を任されるとは思ってなかったよね」

「うん！　てっきり見張りとかその辺の雑務だと思ってた」

「まぁ、俺もまさか『選定の剣』を盗《ぬす》んで来いって言われるとは思わなかったな……」

セシルが彼らに説明した作戦はこうだ。

まず、オスカーがなにか理由をつけて、ジャニスを生誕祭の式典に呼び出す。その間に、アインとツヴァイとジェイドの三人は、ジェイドの宝具を使って気配を消しながらジャニスの部屋に侵入する。そして、部屋を漁《あさ》り『選定の剣』を見つけ出すのだ。

「んで、剣が見つかったら、俺が『複製』でレプリカを作って……」

「僕がリーンのところへ本物を『転送』するんだよね？」

まるで作戦を確認するように双子は顔を見合わせる。

リーンはヒューイとモードレッドと共に、ジェイドの宝具で身を隠し、神殿《しんでん》の近くで待機しているはずだ。

作戦では『選定の剣』を受け取ったリーンたちは、それを持ったまま密《ひそ》かに神殿の最奥《さいおう》を目指すことになっている。神殿の内部で待たないのは、神殿には神子《みこ》がおり、彼女の力で察知されてしまう可能性があるかもしれないと用心したからだった。

「でも、ジャニス王子の話が本当なら、神殿の人たちも敵かもしれないんでしょ？　その、『障り』の種を蒔《ま》いているって……」

話を聞いた時のことを思い出したのだろう。ツヴァイは心配そうな声を出す。

そんな弟を安心させるようにアインはカラッとした声を出した。

「そういう可能性もあるって話だろ？　セシルも『神殿の人たちも、自分たちのしていることを把握《はあく》していないのかもしれない』って言ってたし。敵だと判断するのはまだ早いだろ」

「そうだね。それに、神殿の人たちってみんないい人だったんだよ？　用心はしたほうがいいかもしれないけど、あんまり疑いたくはないよね？」

二人の宥《なだ》めを受けて、ツヴァイは「そっか。そう、だよね」と何度も頷く。

信用していた人間に裏切られた過去を持っているせいか、彼はあまり人を信用できないのかもしれない。

「それにしても、セシルたち大丈夫かな……」

「まぁ、オスカーもギルもいるから大丈夫だとは思うけどね」

ジェイドがそうのんきな声を出したとき、三人は目的地であるジャニスの部屋に着く。

アインはその部屋の前で、一つ心配そうにため息をついた。

「でも無茶《むちゃ》なことを考えるよなぁ。作戦終了《しゅうりょう》まで、ジャニス王子をおさえておくだなんて……」

「くしゅ――！」

夜会の会場であるホールに続く扉《とびら》の前で、セシリアはくしゃみをした。そんな彼女に気遣《きづか》うような声を向けるのは盛装を身にまとっているギルバートだ。

「大丈夫？　やっぱりまだ風邪《かぜ》、治ってないんじゃない？」

「ううん、体調はもう大丈夫だよ！　多分、久しぶりにこういう服着たから、ちょっと寒かったのかも……」

「そういえば俺も、久しぶりにセシリアのそういう姿見たかも」

「あはは……。社交の集まり、全部断ってたからねー」

そう苦笑いを浮《う》かべるセシリアは、なんとドレス姿になっていた。

揺蕩《たゆた》う海を思わせる柔《やわ》らかい青に、輝《かがや》くビジュー。胸元《むなもと》にあしらわれているのは細やかに編まれたレースで、ヒップを飾《かざ》るのはこれまた波を思わせる幾重《いくえ》にも重なったひだ状の布。

豪奢《ごうしゃ》なドレスの肩口《かたぐち》から伸《の》びるのは陶磁器《とうじき》のような白くて長い腕《うで》で、それが彼女の華奢《きゃしゃ》さを強調させていた。

「でも、似合ってるよ」

「あはは。ありがと！　ギルもかっこいいよ」

その褒《ほ》め言葉にギルバートは少しだけ目を見張った後、優《やさ》しく顔を綻《ほころ》ばせた。しかしそれも一瞬《いっしゅん》のことで、彼は扉の方を向くとどこまでも真剣《しんけん》な声を出す。

「本当に行くの？　ジャニス王子にその姿見られたら、さすがにセシルがセシリアだってバレちゃうと思うよ？」

「大丈夫《だいじょうぶ》。それはしょうがないことだし！　それに、ジャニス王子を足止めできるのは、私だけだからさ！」

ジャニスの説明を信じるのならば、彼が発芽させられるのは『障り』の種がある人間だけだ。つまりもう、開花してしまっているセシリアと発芽したことのあるツヴァイは、ジャニスの発芽を恐《おそ》れなくていいということになる。

その上で、ジャニスの部屋を漁るメンバーにツヴァイは欠かせなかった。

ということで、消去法でセシリアがジャニスを抑《おさ》えることになったのである。

セシリアは姿勢を正し、扉を見上げた。

この扉の向こうに、ジャニスとオスカーがいるはずである。

彼女は、エスコート役であるギルバートの腕をぎゅっと引き寄せた。

「大丈夫、守るよ」

小さくそうつぶやかれて、勇気が湧《わ》いてくる。

セシリアは満面の笑《え》みで、彼を覗き込んだ。

「それじゃ、私もギルのこと守ってあげるね！」

その言葉にギルバートは、息を吐《は》き出すようにして笑う。そして、彼女の腕を引いた。

「んじゃ、行こうか」

「うん！」

ホールに続く扉が開く。

そうして、運命の夜が幕を開けた。

扉が開いて最初に目に飛び込んできたのは、きらびやかな会場だった。吊《つ》るされた大きなシャンデリア。どこからともなく鳴り響《ひび》く管弦楽《かんげんがく》。思い思いに着飾《きかざ》った女性たち。みんなそれぞれに楽しんでいる。

そんな喧騒《けんそう》の奥にはオスカーとジャニスがいた。

一見しただけでは、二人は楽しそうに談笑しているようだ。

セシリアはギルバートと共に会場に足を踏《ふ》み入れた。その瞬間《しゅんかん》、会場内がざわめく。彼女は背筋をピンと正したまま、二人のもとへ歩いていった。

最初に気がついたのは、オスカーだった。彼は、着飾ったセシリアに一瞬だけ目を見開くと、ふっと表情を崩《くず》し、まるで二人を紹介《しょうかい》するかのように身体《からだ》をずらした。

そして、よそ行きの顔でジャニスに微笑《ほほえ》んだ。

「紹介します。私の友人の、ギルバート・シルビィです」

その紹介にギルバートは頭を下げる。そして、オスカーはギルバートを指していた手を横にずらす。

「そして、婚約者《こんやく》のセシリアです」

セシリアは一度頭を下げると、貴族然とした笑みを貼《は》り付けたままジャニスを見据《みす》えた。その瞬間、ジャニスの目が大きく見開かれる。

「君は――」

「お初にお目にかかります。ジャニス様。私《わたくし》、シルビィ公爵《こうしゃく》家のセシリアと申します」

折り目正しく、礼儀《れいぎ》正《ただ》しく。セシリアはそう言って淑女《しゅくじょ》の礼をとる。

いつもの天真爛漫《てんしんらんまん》さを潜《ひそ》めた彼女は、耳につけているイヤリングをわずかに揺《ゆ》らし、首を傾《かし》げた。

「どうかされましたか？」

「いや――」

ジャニスはそう言葉を濁《にご》した後、唇《くちびる》に笑みを湛《たた》えた。

「すみません。貴女《あなた》があまりにも知り合いによく似ていまして」

「あら、そうなのですか？」

「えぇ。……ですが、貴女の方が何倍もお綺麗《きれい》ですよ」

「ありがとうございます。ジャニス様も噂《うわさ》に違《たが》わず、とても素敵《すてき》な方ですね」

「お褒めにあずかり、光栄です」

貴族同士の世辞をかわし、二人は互《たが》いに微笑み合う。

ジャニスは、あたりに視線を巡《めぐ》らしながら、仕方がないというように肩をすくめた。

「この流れだと、貴女をダンスに誘《さそ》った方がいいみたいですね」

「誘ってくださいますか？」

「この状況《じょうきょう》で誘わなければ、変な目で見られてしまうでしょう？」

あまりにも久しぶりに現れた王太子の婚約者が珍《めずら》しいのか、はたまた集まった人間の豪華《ごうか》さに野次馬《やじうま》心が抑えられないのか、会場内の視線はその場にいる四人に釘付《くぎづ》けになっている。

「こんなところで変な注目を集めるつもりはありませんからね」

ジャニスが差し出してきた手を取る。その後、まるでタイミングを合わせたかのように鳴り響いたポルカに、二人は会場の中央まで流れるように歩いて行った。

フロアの中央にたどり着くと、彼はセシリアの腰《こし》を引き寄せる。

そして、ややぞんざいにセシリアをリードしたままステップを踏み始めた。

「さすがにこの展開は考えていませんでしたよ。セシリア嬢《じょう》」

「あら、驚《おどろ》いていただけたのでしたら何よりですわ」

「そりゃぁ驚くでしょう。まさかあのシルビィ家のご令嬢が男装をして学院に通ってるだなんて、誰《だれ》も考えませんからね」

優しく微笑みながらそう言うジャニスに、セシリアは艶《あで》やかな笑みを浮かべる。

二人の会話は音楽にかき消されていて、来場者には聞こえていない。表情だけならば、二人はとても仲睦《なかむつ》まじく談笑しているように見えるだろう。

「さしずめ貴女は私の足止め役ってところですかね？　こうしている間に、君の仲間たちが私の部屋から『選定の剣《けん》』を盗《ぬす》む予定なんでしょう？」

「さぁ、どうでしょう」

「でも、確かにいい判断です。いきなり呼ばれた式典でしたから、殿下《でんか》に挨拶《あいさつ》したらすぐに帰ろうと思っていたんですよ。もちろん、オスカー殿下の『障《さわ》り』を発芽させるって手もありましたけど、殿下は案外用心深くて、指先さえも触《さわ》らせてもらえませんでしたからね」

手袋《てぶくろ》もされておられましたし……とジャニスは笑う。

「しかし、よろしいんですか？　貴女はそのぶん、犠牲《ぎせい》になるんですよ？　貴女の中にも『障り』の種は仕込まれているんです。それが私と一緒《いっしょ》にいることで発芽するとは思わないんですか？」

「あら。脅《おど》しですか？」

「いいえ、忠告です。あの双子《ふたご》の弟を殺そうとしたカディ・ミランドのように、貴女も『障り』に侵《おか》されてみたいんですか？」

そう言って、ジャニスはわざとらしくセシリアの腰を引き寄せた。

おそらくそれは脅迫《きょうはく》だったのだろう。しかし、その言葉を聞いたセシリアは、別の意味で目を丸くした。

「……貴方《あなた》、誰ですか？」

「え？」

「私はあのとき一言も、『カディがツヴァイを殺そうとした』とは言ってませんよ？」

前回会った時、ジャニスはカディ・ミランドに爪《つめ》の先ほどの興味も見せなかった。『誰それ？』と言い捨てたぐらいだ。

もちろん、ジャニスがあのあと調べたり、思い出したりしたという可能性はあるだろうが『自分の人生にどうでもいい人間の名前は忘れるようにしている』とまで言っていた彼が、一度話題に出ただけの相手にそんな手間をかけるとは思えない。

「今、貴方はフルネームでカディの名前を口にしましたが、前の貴方は名前を言ってもピンときてないようでした」

「……」

「本当に貴方は、あの時の貴方なんですか？」

それは自然と口から出た言葉だった。否定されればそれまでの、確信などない、単純な問い。

しかし、目の前の男はその問いに反応を示した。

「……だから、ちゃんと真面目《まじめ》に話を聞けと言ったんだ」

そのジャニスの声は先ほど聞いていたものよりも一段階低かった。

落ち着き払《はら》ったその声音《こわね》は、もう別人と言っても過言ではないかもしれない。

「弟の方を脅すときに、一度ちゃんと教えたはずなんだがな。興味のないことはすぐに忘れる……アイツの悪いところだな」

「貴方は……」

驚愕《きょうがく》に目を見開くセシリアに、ジャニス……だった男は優《やさ》しく表情を崩した。

「あの日、君とジャニスがどんな話をしたのか。もう少しちゃんと聞いておくべきだったな。せっかくあの魔女《まじょ》に、目の色まで変えてもらったのに、台無しになってしまった」

思わず距離《きょり》を取ろうとしたセシリアの身体を彼は逃《のが》さないというようにぎゅっと引き寄せた。

そして今度は、ジャニスの声を出す。

「セシリア嬢、貴女は、ノルトラッハ王家の独特な風習を知っていますか？」

「え？」

「ノルトラッハ王家は、子どもが生まれると、全く同じ日に生まれた子どもをナナシとして、その子どもの側《そば》につけるんです。あぁ、ナナシというのは名前ではありませんよ？　役職のようなものです。ただまぁ、基本的にナナシに名前は与《あた》えられませんので、名前だと思っていただいても問題はありませんが……」

彼がそこまで言った瞬間、音楽が鳴り止《や》んだ。

二人はダンスを止めると、揃《そろ》って壁際《かべぎわ》まで向かう。

「ナナシは王家の者と同じ教育を受け、その上で主《あるじ》を守る護衛の術と変装術を学びます」

「それは……」

「はい。いざというときに王家の者のために死ぬためです。要は影武者《かげむしゃ》ですよ。黒目の者を選ぶ風習があるのは、遠目で紫色《むらさきいろ》と区別がつきにくいためでしょうね」

その瞬間、セシリアの脳裏《のうり》をよぎったのは、常にジャニスのそばにいるあの護衛の男だった。

彼の瞳《ひとみ》の色は、確か、黒色だったはずである。

男は、まるでダンスの締《し》めというように恭《うやうや》しくお辞儀《じぎ》をした。

そして顔を上げたあと、目を細める。

「セシリア嬢、変装が貴女の専売特許だと思わないほうがいい」

直後、焦《あせ》った様子のギルバートがセシリアの後ろによってくる。

そして、彼女にしか聞こえないように声を潜《ひそ》めた。

「セシリア。さっき、ジェイドたちが帰ってきた」

その報告に、セシリアはギルバートをしっかりと振《ふ》り返った。彼女の「どうだったの？」という表情に、彼は眉《まゆ》を寄せる。

『『選定の剣』は部屋になかったらしい』

瞬間《しゅんかん》、セシリアは「やられた……！」と奥歯を噛《か》み締めた。


「ツヴァイ様、遅《おそ》いですわね……」

神殿《しんでん》近くの森。ジェイドの宝具から顔を出しながら、そう言ったのはリーンだった。

彼女が見上げる先にあるのは、星空を背景にした神殿。夜の暗闇《くらやみ》にぼんやりと浮《う》き出る神殿の白と、仄《ほの》かに漏《も》れ出てくる灯《あか》りを眺《なが》めながら、リーンは首を傾《かし》げた。

「もしかして、失敗したんでしょうか？」

「さぁな。もともと穴のある作戦だったんだから、失敗してもおかしくねぇんじゃねぇか？」

「ヒューイ様ってば、そういうこと言いますのね」

不満を表すようにリーンは唇《くちびる》をへの字に曲げる。

手筈《てはず》ではもうそろそろ彼女のハンカチに短剣が送られてくるはずなのだが、地面に敷《し》かれているそれには、今のところ全く反応がなかった。

「モードレッド先生もあれから帰ってきていませんし、大丈夫《だいじょうぶ》でしょうか……」

「どっかで迷ってるんだろ」

「もう！　またそういう……」

「つっても、本当のことだろ」

数分前、『少し外の様子を確かめてきますね』と、モードレッドは森の外に消えていってしまった。もちろん、リーンもヒューイも止めたのだが『さすがにこの範囲《はんい》では迷いませんよ』と、彼は微笑《ほほえ》んだだけだった。

「というか。アイツがいなかったら、どうやって神殿まで行くんだよ？　神殿に詳《くわ》しいの、アイツだけなんだろ？」

「一応、地図は描《か》いてもらっていますけど……」

『障り』の研究者であるモードレッドは、『障り』と縁《えん》の深い神殿にも詳しい。神殿の最奥《さいおう》にある祭壇《さいだん》の場所は、グレースの情報だけでは心許《こころもと》ないためモードレッドにも念のためについてきてもらっていたのだ。

「まぁ、意気込んでるのはいいことなんだろうけどな……」

ヒューイがそう呆《あき》れたようにため息をついた時だった。

「――あぁ、そんなところに隠《かく》れてたんだ」

静かな、それでいて笑《え》んだような声が森の奥から聞こえてきた。

その声に、二人は同時に振り返る。

「誰《だれ》だ！」

声がした先には、暗闇が広がっている。木々の影《かげ》が幾重《いくえ》にも重なり、先が見えないのだ。足音がだんだんと大きくなり、足元からゆっくりと声の主が姿を現す。

月に照らされたその姿は——

「ジャニス王子……！」

リーンは声をなくす。ヒューイは咄嗟《とっさ》に彼女を自身の後ろに庇った。

「——貴方、なんで⁉」

「私があんな見え見えの罠《わな》に引っかかるわけないじゃないか」

ジャニスはニコリと笑いながら、そう口にする。

彼は灰色の外套《がいとう》を靡《なび》かせながら、二人に向かって歩を進めてくる。

「君たちと私の関係を考慮《こうりょ》した上で、あんなふうにいきなり呼び出されたら、さすがに私だって疑ってしまうよ。……でもまぁ、あの手の招待状は断りにくいから、ちょっと困っちゃったけどね」

「近づくなっ」

警戒《けいかい》の色をあらわにしたヒューイが、腰《こし》からナイフを取り出すと、ジャニスは足を止め「おぉ、こわいこわい」とまるで降参するかのように両手を顔の前に上げた。

そして、さらに続けて口を開く。

「まぁ、待ってよ。私は君たちを傷つけようと思っているわけじゃないんだ。そもそも君と私が一騎討《いっきう》ちなんてして、私に勝ち目があると思う？」

「……」

「信じられないかもしれないけど、私は平和主義者なんだ。だから、ほら、話し合いで解決できないかなって思って」

優しげな顔で肩《かた》をすくめるジャニスに、ヒューイは「話し合い？」と怪訝《けげん》な顔をする。すると、ジャニスは両手を上げたまま「ちょっと待っててね」と後ろに下がるような形で暗闇の中に消えた。

そして数分後、ジャニスは何かを引きずって現れた。

「モードレッド先生！」

「さっき見つけてね、捕《と》らえてみたんだ。私はひ弱な人間だけど、彼よりは多少は心得があるからね」

襟首《えりくび》を摑《つか》まれたまま現れたモードレッドは、気を失っているように見えた。

ジャニスは転がしたモードレッドの隣《となり》にしゃがみ込むと、懐《ふところ》からとあるものを取り出して、彼の頰《ほお》をペチペチと叩《たた》く。

「彼を殺さないでいてあげるから、今日のところは引いてくれない？」

「――それ！」

「あぁ、気がついた？『選定の剣《けん》』だよ。私にとっては、ただのナマクラだからね。こんなことにしか使えないんだけど」

　彼が持っているのはまごうことなき『選定の剣』だった。リーンは実物を見たことはないが、グレースが描いてくれたイラストと意匠《いしょう》がそっくりそのまま同じである。

「あぁでも、彼は『障《さわ》り』の研究をしてたんだっけ？　それならこれはご褒美《ほうび》になるのかな？　こんなもので殺されたら、本望《ほんもう》になっちゃう？」

　楽しそうな顔で、彼は『選定の剣』の切っ先を意識のないモードレッドの首に優《やさ》しく下ろした。モードレッドの白い首に、赤い球が浮かび上がる。

　ジャニスは余裕《よゆう》の笑みで、二人を見上げた。

「どうかな？　ここで引いてくれたら、彼を殺すことは諦《あきら》めてあげるよ？」

「――っ！」

　リーンは眉《まゆ》をよせ、苦悶《くもん》の表情を浮かべる。

　いないはずのジャニスがここにいて、送られてくるはずの『選定の剣』が彼の手元にある。さらにはその剣で、仲間の命が危険にさらされているのだ。

　これはもうどう考えても作戦は失敗している。

「わかりました。それではここで引いたら先生は解放してくださるんですね」

「うん。解放してあげるよ。――半年ぐらい後にね？」

「は？」

ヒューイはこれ以上ない低い声を出す。

「だってそうだろう？　このまま彼を返したら、同じ方法で君たちは私を呼び出して『選定の剣』を奪《うば》おうとするかもしれない。……それは面倒《めんどう》くさいんだよね」

「だから、人質《ひとじち》ってわけか……」

「うん。でも安心して。私の目的が達成したら返してあげるから。正直ね、私としては『障り』はなくなっても別にいいものなんだ。ただ、今なくされると困る。もうちょっと時期を後ろにずらして欲しいんだ。……もし君たちが望むのならこの剣も一緒《いっしょ》に送るよ？」

そう言いながら、彼はゆったりと笑う。

「彼のことは丁重《ていちょう》にもてなすから安心していいよ。三食食べさせてあげるし、彼が暴れたりすれば別だけど、基本的には無事に帰してあげるつもり」

「……」

「どうかな？」

まるで、デートの行き先を尋ねるような彼の軽い言葉に、リーンは奥歯を噛《か》み締《し》めた。この場合、選択肢《せんたくし》としては『はい』しかない。しかし、頷《うなず》けば彼がどうなるかわかったものじゃない。

「気が長い方じゃないんだ。あと十秒だけ待ってあげるから、その間に決めてね？」

「まっ――」

「じゅう、きゅう、はーち……」

始まってしまったカウントダウンに、リーンは頬に冷や汗《あせ》を滑《すべ》らせた。

どう考えても負けだ。ここにいるメンバーだけでこの状況《じょうきょう》は打開できない。

(何か――)

「なーな、ろーく、ごー……」

しかし、無情にもカウントダウンは進む。

「よーん、さーん……」

リーンは声を張った。

「にー……」

「わかり――」

「おぉっと、手が滑った！」

わざとらしくそう言って、ジャニスは剣を振《ふ》り上げた。

最初から彼は、モードレッドを助ける気などなかったのだ。

リーンは思わず目を瞑《つむ》る。

ジャニスの剣がモードレッドの喉元《のどもと》を抉《えぐ》ろうとしたその時だ――

「ちょっと待ったー！」

リーンの背後から光が溢《あふ》れ、その場にいない人間の声が森に木霊《こだま》した。

その声にジャニスも止まってしまう。一瞬《いっしゅん》の隙《すき》をついて現れたのは、そこにいないはずの人間だった。

「え！　セシリア⁉」

動き易《やす》いようにか、ちゃんと男装姿で現れたセシリアは、目を丸くするジャニスに駆《か》け寄ると、手に持っていた『選定の剣』を蹴《け》り飛ばした。その直後、卵の殻《から》のような形の透明《とうめい》なドームがモードレッドを覆《おお》う。ギルバートの宝具である。

意表をつかれたジャニスは、狼狽《うろた》える。そんな彼に、次は一本の剣が飛んできた。オスカーの宝具だ。

オスカーの剣はジャニスの身体《からだ》を避《よ》けて、外套だけを背後の木に縫《ぬ》い付けた。

その隙にセシリアは先ほど自身が蹴り飛ばした『選定の剣』を手に取る。

「――っ！」

「なんとか、間に合ったね！」

「これって間に合ってるの？」

「とりあえず形勢は逆転したみたいだな」

リーンの背後から現れたのはセシリアだけではなかった。ギルバートに、オスカーもいる。地面に置かれていたハンカチから現れたところを見るに、きっと彼らはツヴァイの能力でここまで飛んできたのだろう。確か、彼の能力の上限は三人までである。

セシリアは、尻餅《しりもち》をつくジャニスを見下ろしながら、声を張った。

「さぁ、この前の借りを返すよ！」

「うーん。やっぱり、君は面白《おもしろ》いね」

先ほどまでの狼狽《ろうばい》を一切《いっさい》見せることなく、ジャニスは地面に腰を下ろしたまま、余裕の笑《え》みでそう言った。

そんな彼をセシリアは上から睨《ね》め付ける。

「一筋縄《ひとすじなわ》ではいかないと思っていたけれど、こう来るとは予想外だなぁ。あぁでも、これは準備が無駄《むだ》にならなかったって喜ぶべきところかもしれないね」

「準備？」

「そう、私は案外用心深いんだよ」

彼はそう言って、縫い付けられていた外套《がいとう》を脱《ぬ》いで立ち上がる。

すると――

「なっ！」

どこからともなく人が現れた。兵士のような格好をしている者もいれば、聖職者のような格好をしている者もいる。皆《みな》一様に目は虚《うつろ》で、額や手首に蔦《つた》のような痣《あざ》が見えた。

一行はその人数の多さに、たじろぐように一歩引いた。

これはとてもじゃないが正面を切って戦う数ではない。

「私の能力にはね。もう一つ追加の要素があるんだ」

「追加の、要素？」

「簡単な命令ができるんだよ。もちろん、相手の心に反することはできないけれどね。でも、断片《だんぺん》でもその思いがあれば、私はそれを拡張して、それに準じた命令を下すことができる」

ジャニスはその中の先頭に立っている兵士の肩《かた》を叩いた。

おそらく彼は教会が持っている私設の兵士だろう。降神祭の時にリーンの乗った馬車を警備していた彼らである。

「私が集めたこの子たちは、カリターデ信者でありながら神子《みこ》に懐疑《かいぎ》的な思いを少なからず持っている人たちなんだ。まぁでも、そうだよね。式典の時にしか外に出てこない権力者って、ちょっと敬いづらいよね」

ジャニスは指先をリーンに向けた。

「ってことで、君たち『神子候補と騎士《きし》をここで殺してしまおうか』」

その命令を受けた瞬間《しゅんかん》、虚な目がセシリアたちを捉《とら》える。そして彼らは一斉《いっせい》にこちらに向かって走ってきた。

ヒューイがすかさずモードレッドを背負い、一行は身を翻《ひるがえ》す。

「とりあえず剣《けん》は入手したから、このまま神殿《しんでん》にいこう！」

セシリアの発言に一行は頷き、神殿の方へ走っていく。

本当はジェイドの宝具で身を隠《かく》しながら進むはずだったのだが、こうなってはもう仕方がない。強行突破《きょうこうとっぱ》だ。

当初の予定ではこっそり乗り越《こ》えるはずだった神殿を囲う石造りの壁《かべ》を、オスカーが宝具で切り開く。いきなり崩《くず》れ去った壁に驚《おどろ》いたのは入り口を守っていた警備の兵で、彼らも最初こそは「なんなんだ、お前たち!」「侵入者《しんにゅう》か!」と声を上げていたのだが、一行の後ろにいる大勢の人間を見て、恐《おそ》れおののいたように何も発さなくなった。その隙を衝《つ》いて、ヒューイが彼らを昏倒《こんとう》させる。モードレッドを背負っているのに、彼の動きは軽《かろ》やかだ。

入り口には鍵《かぎ》がかかっていたが、そのままの勢いで蹴破《けやぶ》る。

すると、荘厳《そうごん》な礼拝堂が現れた。

正面には大きな女神《めがみ》像。背景には神話。等間隔《とうかんかく》で並ぶ柱にはカリターデ教を示す紋様《もんよう》の旗がかかっており、脇《わき》のステンドグラスが月の光を浴びてキラキラと輝《かがや》いていた。

神殿は主に三つの区域に分かれており、手前から、主に高位の聖職者やそこに住む修道女が毎日祈《いの》りを捧《ささ》げる礼拝堂の区域。中央に神子と修道女の生活の場である区域。その奥に新しい神子が誕生した時にしか開かないとされる、祭壇《さいだん》が祀《まつ》られている区域である。

今、彼らがいるのは礼拝堂の区域で、目指すのは奥の祭壇がある区域だ。

一行は礼拝堂の脇にある扉《とびら》を破り、生活の場である区域に向かうための廊下《ろうか》を進む。背後から大勢の人間の声は聞こえるが、まだ彼らには追いつかれていなかった。

セシリアたちは生活の場である区域に飛び込むと、追ってくる者たちが入れないように扉を閉めた。扉に阻《はば》まれてか、追ってくる者たちの声が小さくなる。

セシリアはその場にしゃがみ込んだ。相当焦《あせ》っていたのだろう、セシリアもそうだが、ヒューイに背負われているモードレッド以外、みんな肩で息をしてしまっている。

「ちょっと、休憩《きゅうけい》……できるかな」

「どうだろうね」

ギルバートが厳しい顔でそう言った時だった。どんっ、と扉が撓《たわ》んだ。

そして、続けざまに何度も扉が音を立てる。

これはもしかして、もしかしなくとも。追ってきた者たちが扉に体当たりをしているのだろうか。

「ひぃ！」

「やっぱりそう簡単に逃《に》がしてくれはしませんわね……」

小さく悲鳴をあげるセシリアとは対照的に、リーンは冷静にそう言った。

一応、内側から閂《かんぬき》はしてあるが、それも木製のもの。すごく強固というわけではない。時間をかければ扉はいずれ破られてしまうだろう。

「今のうちに、距離《きょり》を稼《かせ》いどかないとだめだね……！」

撓み、ミシミシと音をたてる門を前に、セシリアは立ち上がった。

そして、再び走りだそうとしたときだ。

「どなたか、おられるのですか？」

廊下にあった一つの扉が開いて、修道女が顔を覗《のぞ》かせた。

どうやらここは修道女に与《あた》えられている部屋が並ぶ廊下だったらしい。

寝《ね》ていたところを起こされたのだろう、彼女の姿は簡素な寝巻きで、起きたばかりの寝ぼけ眼《まなこ》を擦《こす》っている。

そして、今度は前方の扉が開く。

「誰《だれ》ですか。こんな時間に起きているのは……」

「もう、朝？」

「騒《さわ》がしいわね……」

扉が開いて、次々と修道女が顔を覗かせる。それを見て、セシリアは息を呑《の》んだ。

（まずい。このままじゃ、彼女たちを危険に――）

追っ手に課されているのは、神子候補と騎士を害することだ。しかし、たまたま出会ってしまった修道女に危害を加えないという保証はないのだ。

「物音がしましたが、どうか……」

立ち止まったセシリアの隣《となり》にある扉が開く。彼女は出てきた修道女に詰《つ》め寄った。

「部屋の中に入って！　出てこないでください！」

「え！　セシル様⁉　どうしてこんなところに！」

いきなり肩を摑《つか》まれ、びっくりした修道女が声を跳《は》ねさせる。

「セシル様？」

「今、セシル様と言いましたか？」

「どこにおられるんですか？」

あまりにも大きな声で叫《さけ》んだためか、廊下の扉が次々と開き、修道女たちが顔を覗かせる。

そして、セシリアはあっという間に修道女たちに囲まれてしまった。

「どうしたのですか！　こんなところで！」

「セシル様、お久しぶりです！」

「えっと、みなさん。部屋に戻《もど》って、鍵を――」

「生セシル様なんて、いつ以来かしら！」

「やっぱり素敵《すてき》ですわね！」

「こちらにはいつから滞在《たいざい》を？」

驚くほどに、全員、全く話を聞いてくれない。

外からの音も相まってだろうが、その廊下の部屋に割り振《ふ》られた修道女のほとんど全員が部屋の外に出てしまっている状態だ。

これはまずい。すごく、まずい。

「おい！　話を聞け！」

「みなさん、部屋に戻ってください！」

たまらず、ギルバートとオスカーも援護《えんご》射撃《しゃげき》を飛ばすが気づいていない者も多く、場はなかなか収まらない。しかも、閂が撓む音がさらに大きくなってきた気がするのだ。

セシリアは下唇《したくちびる》を噛《か》み締《し》める。もうこうなったら、これしか方法はないかもしれない。彼女は大技《おおわざ》を繰《く》り出した。

セシリアは目の前にいた女性の腰《こし》をそっと引き寄せる。

「それじゃ、君からにしようかな」

「え？」

神に貞淑《ていしゅく》を誓《ちか》った者とは思えない乙女《おとめ》の顔で、女性は狼狽《うろた》えたような声を出す。セシリアは王子様の顔で、そんな彼女の髪《かみ》の毛を掬《すく》う。

「今日俺がここに戻ってきたのは、君たちと話がしたかったからなんだ。先月ここにきた時、君たちの健気《けなげ》さや美しさにやられてしまってね」

「セシル、様……」

「是非《ぜひ》君たちから、女神様のこととか、カリターデ教のこととか、詳《くわ》しく聞きたいと思って。……もちろん君たちのプライベートのこともね？」

ある種の含《ふく》みを持たせてそう言うと、修道女たちは顔を見合わせた後、きゃぁあぁ！　と顔を覆《おお》った。

「だから、一人一人部屋を回って話を聞きたいと思ってるんだけど、いいかな？」

「も、もちろんです！」

「是非来て下さい！」

色めき立つ彼女たちに、セシリアは小首をかしげる。

「それじゃ、みんな俺が来るまで、部屋でいい子にして待っていてくれるかな？」

「わ、わかりましたわ！」

「待ちます！　いくらでも待ちます！」

「あぁ、でも。部屋から出てきたらダメだよ。そんな悪い子のところには、行かないからね」

唇に人差し指を当てながら艶《あで》やかな笑《え》みでそう言うと、彼女たちは顔を真っ赤にさせて、黄色い声をあげた。そして、王子様の言いつけ通りに部屋にいそいそと帰っていく。

廊下に残ったのは王子様スマイルで手を振るセシリアと、そんな彼女に白い目を向ける仲間たちだった。

「こんなときまでご苦労様ね……」

「俺だってこんなことしたくなかったよ！」

リーンのツッコミに、セシリアは叫ぶようにそう返す。

「とにかくいくぞ！　そろそろ扉が破られる！」

オスカーの号令で、それぞれは再び走り出した。

廊下を抜《ぬ》けて、リネン室や倉庫がある場所も走り抜ける。先ほどのこともあってか、追ってくる人間たちとは距離が詰まってきている気がする。

もうさすがに走り疲《つか》れてきたセシリアに、モードレッドを背負っているヒューイが後ろから声をかけてきた。

「というか、これ。道がわかって走ってんのか？」

「な、なんとなくで走ってる！」

「なんとなくって、お前なぁ」

仕方がないのだ。グレースからも一応目印になるものは教えてもらっているし、モードレッドからも地図は描《か》いてもらっているが、こんな追われながらの状況で一つ一つ確かめながら進むわけにもいかない。しかも、神殿《しんでん》は結構深く入り組んでいるのだ。

正直、こんな状況では方向ぐらいしかわからない。

「まぁ、仕方がねぇか。一番詳しいやつがこうして寝てるからな。……というか！　いつまで寝てんだよ、先生！」

ヒューイは背中で寝ている彼をゆする。すると彼は、ヒューイの背中の上で、はっと顔を跳ね上げた。

「え？　ここは……」

「神殿の中だ！」

「わ、私は……。そうだ！　いきなり変な男に襲《おそ》われて……」

「今、その変な男と鬼《おに》ごっこしてるから、さっさと道案内しろ！」

そのぞんざいな態度にモードレッドは気圧《けお》されたように「わ、わかりました！」と応じる。

そして、ヒューイの背中の上であたりを見回した。

「えっと、とりあえず現在地が――」

「先生、あんまり悠長《ゆうちょう》なことしてる時間ないですわよ！」

「というか正直、あの追っている人たちを連れたまま祭壇《さいだん》まで行くのは危険すぎませんか？」

急《せ》かすようなリーンの言葉の後、ギルバートは冷静にそう言う。

その言葉にオスカーも頷《うなず》いた。

「まぁ、祭壇ということは、行き着く先は行き止まりだろうからな」

「最悪、祭壇で全員倒《たお》さなくっちゃだよね……」

「あぁ、もう！　仕方がないですわね！」

そう言って立ち止まったのはリーンだった。

続けて、ヒューイも立ち止まり、モードレッドを背中から下ろす。

「セシル様、行ってくださいませ。ここは私とヒューイ様が引き受けますわ！」

「リーン!?」

「ちょっと！」

「大丈夫《だいじょうぶ》です。ちゃんとこうなってしまった時のために、対策はしているでしょう？」

そう言って彼女が掲《かか》げた手首には、複数の腕輪《うでわ》があった。オスカー、ギルバート、モードレッド、アイン、ツヴァイ、ダンテの腕輪が左右の手首に巻き付いている。

もしも、追い込まれてしまうことがあった場合のために、それぞれで話し合って、前もってみんなの宝具をリーンに渡《わた》していたのだ。これで彼女は、ほとんど全《すべ》ての能力をたった一人で使うことができるようになっていた。

「もう一つの保険もちゃんとかけていますわ！　上手に使ってくださいませ！」

リーンのその言葉に、セシリアは少し迷ったのち「わかった！　気をつけてね！」としっかり頷くのだった。

セシリアたちが立ち去るのを見届けて、リーンはふぅ、と息を吐《つ》いた。

一応、対策はしていたが、本当にこれを使う時がやってくるとは正直思っていなかった。複数の宝具を使って戦うだなんて、初めての経験だ。ここに来る前にどうなるのか試《ため》してはみたが、戦闘《せんとう》自体はぶっつけ本番である。

しかし、泣き言などは言ってられない。ここでやらなければ、女が廃《すた》るというものだ。

リーンはギルバートの宝具を展開させながら、自身を鼓舞《こぶ》するように不敵に笑ってみせた。

「さて、ヒューイ様。手筈《てはず》通りに参りましょうか」

「ん。……それはそれとして。お前さ、もう猫《ねこ》かぶりやめたらどうだ？」

「え？」

敵が来るだろう扉《とびら》の先を見据《みす》えながら、ヒューイは言葉を続けた。

「もしかすると、俺に気を遣《つか》ってるのかもしれないけどな。俺は別に、どっちのお前でも気にしないぞ？」

どう答えていいのかわからないリーンは、無言のまま目を瞬かせる。

「それに俺は、お前が案外腹黒で性悪《しょうわる》な女だってことも知ってる。人をおちょくるのが好きで、面白《おもしろ》いことが何よりも好きで、自分のためにしか動けなくて、その癖《くせ》、変にプライドが高くて、案外キレやすいことも知ってる」

「ほんと、散々な言われようですわね……」

あまりの言われように、リーンは思わず目をすがめた。

そんな彼女の表情に気がついているのかいないのか、ヒューイは半分だけ振《ふ》り返り、口元だけでわずかに笑みを作った。

「大丈夫だ。ちゃんと、友達思いなのも知ってる」

「……」

「だからまぁ、気にするなって話だよ。別に、今のままでもいいけど、気を張る必要はないぞって言いたかっただけで……」

恥《は》ずかしいのか、最後はふいっと顔を逸《そ》らしてそう言われた。

そんな彼の背中を見ながら、リーンは少し黙《だま》ったのちに唇を引き上げた。

「私だって、ヒューイ様が案外泣き虫で、極度の恥ずかしがり屋で、素直《すなお》になれない自分の性格をあまり好いていなくて、いつまで経《た》っても追いつけないダンテ様にこれでもかという程《ほど》の憧《あこが》れを抱《いだ》いていることぐらい、存じていますわよ？」

「……お前な……」

震《ふる》える声を出しながら、ヒューイが振り返る。

そんな彼にリーンは満面の笑《え》みを浮《う》かべた。

「あと、存外私のことを気に入ってくださっていることも、ちゃんとわかっています」

ヒューイの唇がへの字に曲がる。それでも彼は、リーンの言葉を否定しなかった。おそらくそれが答えだろう。

「でも、そうですね。確かに私、ヒューイ様の前でも肩肘《かたひじ》を張っていたかもしれません。そう言っていただけるのでしたら、もう私も遠慮致《えんりょいた》しませんわ」

リーンはオスカーの剣《けん》を顕現《けんげん》させると、それをヒューイに向かって放《ほう》り投げた。見事な放物線を描《えが》いたそれを、ヒューイはジャンプして受け取る。そして彼は、まるで感《かん》触《しょく》を確かめるようにくるりと手元で回した。

これで騎士《きし》ではないヒューイも『障《さわ》り』が祓《はら》えるようになる。これは、この作戦の前に、もう何度も確かめたことだった。

そしてリーンは懐《ふところ》から出したナイフを、大量に複製する。

「それじゃぁ、改めて。……いくわよヒューイ！　私たちの力、見せてあげようじゃない！」

「あぁ、あの生意気な王子様に一泡吹《ひとあわふ》かせてやらないとな」

二人がそう同時に口元を引き上げたとき、扉が蹴破《けやぶ》られるようにして開かれ、大勢の人間がなだれ込んできた。

「この扉の奥が、祭壇になります！」

モードレッドの案内で、セシリアとギルバートとオスカーは迷うことなく祭壇があるだろう扉の前についた。モードレッドに入り口の見張りを任せ、三人は扉を開ける。

そこで待っていたのは、『選定の剣』が置いてあった場所にあったものとそっくりな女神《めがみ》像。

そして、その像が持っている水瓶《みずがめ》からは水が流れていた。水はその下の大理石で造られた大きな受け皿に溜《た》められており、底の穴からどこかに水を流しているように見えた。

そして、手前には同じく大理石で造られた長机のような祭壇があり、祭壇の中心には、不自然に開いている長細い穴があった。周りの装飾《そうしょく》から見ても、あそこに短剣《たんけん》を刺《さ》すので間違《まちが》いないだろう。

そんな祭壇のある部屋の中央に、こちらに背を向けて一人の女性が立っていた。

見たことのある赤毛のおさげに、小柄《こがら》な体軀《たいく》。ゆっくりと振り返った彼女の顔には、やっぱり見覚えのあるメガネがかけられていた。

セシリアは彼女の姿に息を呑《の》む。

「エルザさん……」

「お待ちしておりましたわ。セシル様」

「やっぱり貴女《あなた》が、最初に『選定の剣』を回収したんですね」

どこか悔《くや》しげに発したセシリアの言葉を肯定《こうてい》するように、彼女は優《やさ》しい笑みを浮かべた。

セシリアがそのことに気がついたのは、土砂崩《どしゃくず》れに巻き込まれる直前だった。リーンと『どうやってジャニスは神殿《しんでん》に入り、「選定の剣」を盗《ぬす》み出したのか』を話し合っている時だ。リーンはジャニスが『女装して神殿の中を探《さぐ》っていたのではないか』と言って、セシリアはそれを『神殿は警備態勢がしっかりしているから、強行突破《きょうこうとっぱ》でもしないかぎり、侵入《しんにゅう》することはできないだろう』と否定したのだが。

『それじゃ、そもそもジャニス王子はどうやって入ったのよ！　関係者に変装でもしてたってわけ？』

不満げなリーンの声が頭に蘇《よみがえ》る。

そうなのだ。それならどうやって彼は神殿に侵入し、『選定の剣』を回収し、イヤリングを置いて帰ったというのだろうか。

答えは一つ。おそらく、内部に協力者がいたのだ。

「エルザさん、俺の部屋のシャワーが壊《こわ》れた時、部屋を少し漁《あさ》りましたよね？　その時に、『選定の剣』の場所が描《か》いてある地図を見つけたんじゃないですか？」

『では少し見てみますので、部屋の外でお待ちください』

彼女はそう言ってセシリアを部屋の外に出し、シャワーの点検をした。その時にきっと、彼女はセシリアの部屋を漁り、地図の紙を見つけたのだろう。そして、地図を頼《たよ》りにエルザは『選定の剣』を二人より先に回収したのである。

「多分ですけど神殿で噂《うわさ》になっていた幽霊《ゆうれい》は、エルザさんですよね？　ジャニス王子から言われて、ずっと『選定の剣』を探していたんですか？」

「ええ、そうです。幽霊の話は正直心外でしたが、夜に出歩く者も少なくなったので、かえって行動しやすかったです」

「じゃぁ、俺たちが呼ばれたのは？」

「どこをどう探しても『選定の剣』が見つからなかったので、みなさんなら何か突破口《とっぱこう》を開いてくれるかもしれないって期待して。……結構望みの薄《うす》い試みでしたけど、結果は想像以上でした」

予想できなかったとはいえ部屋に地図を置いてきたことが悔《く》やまれた。

だって、まさか思わないだろう。あんなに仲良くしてくれたエルザが敵だなんて……

そんな思いのまま、セシリアは口を開く。

「エルザさん、どうして！　もしかして、貴女も『障り』に……」

「バカを言わないでください。神子《みこ》が『障り』を発芽するわけないでしょう？」

「え？」

「……あぁ、そこまでは考えが至ってなかったみたいですね」

エルザはそう微笑《ほほえ》んだ後、自身の顔を両手で覆《おお》う。

そして、瞬《まばた》きよりも短い時間で、彼女の姿はあどけない笑みを浮かべる少女から、長い髪《かみ》を持つ、背の高い、美しい女性へと変貌《へんぼう》を遂《と》げていた。

「この姿では、はじめましてよね。セシル様」

彼女は艶《あで》やかな笑みを浮かべながら、髪の毛を手で後ろになびかせた。

同一人物のはずなのに、エルザとは性格も、表情も、喋《しゃべ》り方も、何もかも違《ちが》う。

「私の本当の名はマルグリット・オブリー。カリターデ教の頂点にして、象徴《しょうちょう》。今代の神子よ」

そう言う彼女の手には、セシリアたちのものとは違う金色の腕輪《うでわ》が七つ嵌《は》められていた。きっと、その中のどれか一つの力で、彼女は姿を偽《いつわ》っていたのだろう。

驚愕《きょうがく》に目を見開いたセシリアは、声を震わせる。

「じゃぁ、あの時見た神子様は？　エルザというのは……」

「御簾《みす》の奥にいた神子は人形よ。エルザは実際にいた人間。私のことをずっとお世話してくれたいい子なの。……もう何ヶ月も前に、亡《な》くなってしまったけれど」

マルグリットは悲しそうに視線を落とす。

「いい子だったのに、どうして自ら命をたつような真似《まね》なんかをしてしまったのかしらね。でも、そのおかげで、私は自由を得られたのだけれど」

「もしかして、彼女が亡くなってからずっと成りすましてたの？」

「えぇ。ジャニス様とは、その時に知り合ったの。私の種を開花しようとしたんでしょうね。その時に気がつかれたみたい」

そういえば、シゴーニュ救済院に来ていた修道女が、『エルザは今よりもっと暗かった』『数ヶ月前から様子が変わった』と言っていた。セシリアたちは、エルザの性格の変化はニールの本のせいだと思っていたが、もしかすると、その頃《ころ》にエルザがエルザではなくなったから、性格が変わったように他《ほか》の修道女に見えてしまったのだろうか。

「でも、なんで。そんな……」

「出会ったばかりのあなたに語るつもりはないわ。ただまぁ、一言で言うなら、私は自由が欲しかったの。そして、どうせ自由を得るのなら、私から何十年もの自由を奪《うば》った教会に復讐《ふくしゅう》してからにしようと思ったのよ」

そこまで言って彼女は右手を真横に伸《の》ばした。その瞬間《しゅんかん》、七つのうちの一つの宝具が光り、空間に三つの歪《ゆが》みが現れる。彼女はその歪みに手を突《つ》っ込む。

「知ってる？　あなたたちの宝具と、私の宝具じゃ、できることが違うのよ？　こんなこと、あなたたちにできるかしら？」

そう言って、彼女は手をひいた。すると――

「やぁ、お待たせしたね」

歪んだ空間から、出てきたのはジャニスだった。

もう一つの歪みからは、自身のことをナナシだと名乗った男が出てくる。いつの間にか夜会の会場から消えていた彼の変装は、もう解かれている。

そして三つ目の歪みから現れたのは――

「なっ！」

『障《さわ》り』に侵《おか》された何十人もの人間だった。

ナナシはジャニスを守るように彼の前に立つ。

ジャニスは先ほどと同じように、人を小馬鹿《こばか》にした笑《え》みを浮《う》かべた。

「では、二回戦だ」

ジャニスが号令を出すように、顔の前にあげた手のひらを下げると、虚《うつろ》な目をした男たちが一斉《いっせい》に襲《おそ》い掛《か》かってきた。

「セシリア、下がって！　──オスカー！」

「わかってる！」

ギルバートがセシリアの腕《うで》を引いて、そう声を荒《あら》らげた瞬間、オスカーが飛び出した。襲い掛かってきた先陣《せんじん》を薙《な》ぐように切れば、一気に三人がその場に膝《ひざ》をつく。

「なるほどそれが君の盾《たて》と矛《ほこ》か。いいね」

ジャニスは、柔和《にゅうわ》な表情でまるで賞賛するように拍手《はくしゅ》をしてみせる。そして、セシリアに視線を留《とど》めたまま更《さら》に続けた。

「ティノから聞いたけれど、君はそんな格好をしていながら女性なんだってね？」

ティノというのは、きっと自身をナナシだと言った彼のことだろう。ナナシには基本的に名前はないと言っていたが、どうやら彼には名乗るべき名前があるようだった。

そんなティノは、ジャニスにそうしろと命じられたからか、オスカーの相手をしている。さすが王族の護衛といったところか、オスカーも圧倒《あっとう》されているように見えた。

そんなティノたちに視線を一瞬《いっしゅん》だけ向けると、ジャニスはこう続けた。

「私の予想だと、君は神子候補なんだろ？」

「だったら何？」

「いや。それなら君は今この場で、実に取るに足らない存在だなぁと思ってね」

「取るに足らない？」とセシリアは声を低くさせる。

「だって君は、今この場で最も足手まといな人間じゃないか。たしかに、君にしかその剣《けん》は扱《あつか》えないんだろうけど、今の君は宝具もなにも持っていない、ただの女性だ。そんな足手まとい、おそるるに足りないし、取るにも足らない」

それが挑発《ちょうはつ》だということはわかっていた。

ギルバートの宝具の中にいるセシリアには、ジャニスだろうが、神子だろうが物理的な攻撃《こうげき》はできない。だから、見え透《す》いた挑発で、彼はセシリアをギルバートの宝具の外へ、出そうとしているのだ。

ジャニスの手には先ほどまでは持っていなかった、細長いレイピアのような剣が握《にぎ》られている。彼は常々『私はひ弱だから……』というようなことを言っているが、モードレッドをあんな状態にした彼の言葉をそのまま信じるわけにはいかない。

（だけど――）

「足手まといの君は、そうやってお姫様《ひめさま》のように守られながら、仲間が死んでいくのを見ているんだろうね」

「そんなこと、するわけないでしょ！」

セシリアは、身体《からだ》を低くかがめて飛び出した。ギルバートが「セシリア!?」とひっくり返ったような声を上げたが、決して振《ふ》り返らない。

彼女は手に持っていた『選定の剣』でジャニスに襲い掛かる。しかし、案の定最初で最大の一撃《いちげき》は、ジャニスの剣によって弾《はじ》かれてしまった。

「ふふふ、君はバカだね」

誘《さそ》いに乗ってきたと、ジャニスの口元が歪む。

そんな彼に、セシリアも笑みを浮かべた。

「さて、本当にバカなのは、どっちなんでしょうね」

「ん？」

セシリアの意味深な言葉にジャニスの顔色が変わる。

ジャニスのふるった一撃をセシリアは飛び退《の》いてかわすと、床《ゆか》に手のひらをついた。

そうしてゆっくりと立ち上がり、彼女は二度目の攻撃を繰《く》り出した。剣同士が交わり、鍔迫《つばぜ》り合いのような形になる。

セシリアは間近に迫《せま》ったジャニスに、不敵な笑みを見せる。

「ねぇジャニス王子、知ってる？　……神子候補って、三人いるのよ？」

「三人？　まさか――！」

「グレース！」

セシリアがそう叫《さけ》ぶと、何もないところから『選定の剣』を持ったグレースが現れる。場所は祭壇《さいだん》の前だ。彼女の手首にはジェイドの宝具が巻き付いていた。

そう、これがリーンの言っていた保険だった。

グレースは最初からリーンとヒューイとモードレッドと共に作戦に参加していたのである。彼女に頼《たの》んでいたことは、『合図があるまで、何があっても絶対にジェイドの宝具から出てこないでほしい』というものだった。

あまりにも突然《とつぜん》の登場に、ジャニスもマルグリットもティノもろくに反応ができない。

「行きます！」

グレースは『選定の剣』を思いっきり振り上げると、そのままの勢いで祭壇に突き立てるのだった。

剣を祭壇に突き立てた後、特に変化はなかった。祭壇が光り輝《かがや》くようなこともないし、建物が崩《くず》れるような物騒《ぶっそう》な変化もない。ただ、女神《めがみ》像が持っている水瓶《みずがめ》からの水がぴたりと止《や》み受け皿からも水が引いていく。

しかし、突き立てたことには変わりがなく、ジャニスは狼狽《うろた》えたように声を震《ふる》わせた。

「なんで剣が二本もあるんだ。君のそれは……？」

「これ？　これはレプリカよ」

当然というようにセシリアはそう言う。

走っている最中に、リーンに複製してもらったものだ。本物は隠《かく》れて行動を共にしているグレースに渡《わた》しておいたのである。

（けど、おかしい……）

呆然《ぼうぜん》としているジャニスを見据《みす》えながら、セシリアは困惑《こんわく》した表情になった。

剣は祭壇に刺《さ》した。それに呼応するように水も止まった。

なのに――

（なんで、『障り』はそのままなの？）

彼らはまだ虚な目でこちらに向かって歩いてきていた。それは、まるでゾンビのようにも見える。

ギルバートが抑《おさ》えてくれているし、ティノと戦いながらオスカーが祓《はら》ってくれているので、セシリアとジャニスのところまで彼らの手は届いていないが。マルグリットが次々といろんなところから呼び出しているせいで、『障り』に侵された人の数自体は増えているようにさえ見える。

狼狽えていたジャニスもそのことに気がついたのか、ゆっくりと顔を上げた。

「そうか……。そういうことか」

ジャニスは、ある種の確信を持ったような声でそう呟《つぶや》いた。

そして、嬉《うれ》しそうに微笑《ほほえ》む。

「『障《さわ》り』がなくなる、というのは、そういうことか……」

「……何か知ってるの？」

「いやね、私も君たちと同じ勘違《かんちが》いをしていたんだけど。きっと、なくなるのは蒔《ま》かれる種の方だけなんだ」

意味がわからないというような顔をするセシリアに、ジャニスは目を細めた。

「私もどうやって種を蒔いているのかわからなかったけど。きっとその水を使って、教会は種を蒔いてたんだね」

「何を言ってるの？」

「つまり、君たちが止めたあの水こそが、種だったんだよ。きっと、この種は川に蒔かれ、人々や獣《けもの》はその水を飲料水として摂取《せっしゅ》する。そうして、種は広がるんだ」

ジャニスの身体はふらりと揺《ゆ》らいだ。どうやら体調があまり良くないらしい。力を使いすぎたためか、彼の顔は青く、額には冷や汗《あせ》も浮《う》かび上がっていた。そんな彼の脇《わき》をティノが支える。どうやら、オスカーをおさえておくことよりも主《あるじ》の体調を優先したらしい。

ティノに支えられながらも、ジャニスの笑《え》みは崩れない。

「だから、もうすでに蒔かれた種は次代の神子《みこ》が決まるまで芽を出し続ける。行き着くところ、君たち神子候補を全員殺せば、この国から『障り』はなくならないということだ」

「……」

「……でもまぁ、私もちょっと疲《つか》れたからね。今日は帰ろうかな」

しんどそうに肩《かた》で息をしていたジャニスは、深呼吸を一つした後、背筋を伸《の》ばす。そして踵《きびす》を返した。

「行こう。ティノ、マルグリット。しばらくはゆっくりしたい」

そんな彼の言葉に二人は「あぁ」「はい」とそれぞれに頷《うなず》く。そして、マルグリットが歪《ゆが》ませた空間に三人は足を踏《ふ》み入れた。

「じゃぁね、セシル。……生きていたらまた会おう」

空間が閉じられる瞬間《しゅんかん》、ジャニスはそう言って手を振った。三人がいなくなると同時に、マルグリットが最後に開けた穴から大量に人が吐《は》き出される。

もう体力も限界なのだろう。ギルバートもオスカーもグレースもセシリアのそばにより、四人で背中を合わせる形になった。

「さすがにこれはまずくないか？」

「まずいですね」

「しかも、私とセシルさんは今のところ戦う術《すべ》を持っていませんからね。本当に彼の言う通りに足手まといい状態です」

「二人ともごめん。グレースも、巻き込んじゃってごめんね」

セシリアがそう頭を下げると、グレースは困ったような笑みを浮かべながら肩をすくめた。

「まぁ、同郷のよしみですからね。このぐらいはしますよ」

「しかし、実際問題、ここからどうする？　ギルバート、これはどのぐらいまで持ちそうなんだ？」

四人はギルバートの宝具により透明《とうめい》なドームに覆《おお》われていた。

オスカーの質問にギルバートは少し考えた後、口を開く。

「俺の体力次第《しだい》だと思いますが、あと三十分ほどだと思ってもらえれば……」

「三十分か。その時間でこいつらをなんとかして、ここから出る方法も考えないとな」

「リーンさんたちも、こちらにまで援護《えんご》しにくる余裕《よゆう》はないでしょうしね……」

三十分。とギルバートは言っていたが、その三十分全《すべ》てを使って作戦を考えるわけにはいかない。作戦を練っても彼の盾《たて》がなくては乗り越《こ》えられない場面があるだろうからだ。

（早く、なんとかする方法を考えないと……）

しかし、三十分で彼らをなんとかするのは無理な話だ。全員が揃《そろ》っていれば話は別かもしれないが、ここにはオスカーとギルバートしか戦う術を持つ者はいない。

（ジェイドの宝具を使って脱出《だっしゅつ》とかは、できるかもしれないけど……）

しかしその場合、ここに『障り』に憑《つ》かれた人間たちを残していくことになる。それは修道女たちにとって、あまりにも危険すぎるだろう。

（もしかして、もしかしなくても。私たち、結構ピンチじゃない？）

セシリアがそう実感したその時だ、祭壇の間に通じる扉《とびら》が勢いよく開いた。そして、先ほどまで『障り』に侵《おか》されていただろう人が転がり込んでくる。その後ろからは、見たことのある女性が登場した。

「おやおや。やっぱり無茶《むちゃ》してるねぇ」

「マーリンさん！」

そのさらに後ろからは――

「やっぱりヒーローは、遅《おく》れて登場するものだよね」

「ダンテ！」

声を荒《あら》らげたのはオスカーだ。

きっとダンテがマーリンたちを連れてきてくれたのだろう。

二人の後ろには彼らの配下と、少しくたびれた様子のリーンとヒューイ、そしてなぜかボロボロになっているモードレッドもいた。

もしかすると何か一悶着《ひともんちゃく》あったのかもしれない。

マーリンは、笑みを深めたあと部下たちに指示を出す。

「野郎《やろう》ども！　全員まとめてひっとらえな！」

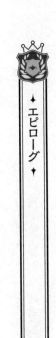

◆エピローグ◆

神殿《しんでん》での騒動《そうどう》から一週間後。

無事に学院に戻《もど》ってきたセシリアは、呆《ほう》けた様子でベンチに座っていた。冬休み中ということもあり学院に人は少なく、中庭にもセシリア以外、人はいない。

「ふぅ……」

セシリアは灰色の空を見ながらため息をつく。なんというか、怒濤《どとう》の一週間だった。

まず、国王に男装のことがバレた。

『セシリア、これはどういうことかな？』

『あ、あのですね。陛下、これは……』

あれだけの騒動を起こしておいて、謎《なぞ》の青年『セシル・アドミナ』に調べの手が回らないわけがなく、国王に調べられて隠《かく》し通せるほど彼らの隠蔽《いんぺい》は完璧《かんぺき》ではなかった。

しかしながら、男装で学院に通っていた事実よりも、セシリアたちが大量の『障り』を祓《はら》った事実の方が大きく、とりあえず男装の件は不問という形になった。しかも……

『陛下、セシリアはこれまで通りに男装で学院に通わせますからね』

事情を話してくれと呼び出された先で、セシリアの母であるルシンダは元気にそうのたまったのだ。『いや、それはさすがに……』と狼狽《うろた》える国王に、彼女は続けて……

『それなら陛下は、セシリアが「男装をしていた」という令嬢《れいじょう》にあるまじき噂《うわさ》を立てられても良《い》いのですか？』

『いや、それは噂というか、じじ――』

『それに、我が娘《むすめ》はオスカー殿下《でんか》と婚約《こんやく》中の身。あまりよくない噂が立つのはよろしくないですわよね？……お互《たが》いに』

この女、娘のためなら国王でさえも敵に回す覚悟《かくご》がある。

さすが、稀代《きたい》のモンスターペアレント（善）だ。というか本当に彼女たちは竹馬の友だったのだろうか。この関係性を見るに、竹馬の友というより、姉貴と舎弟《しゃてい》といった関係性のような気がする。

そんなセシリアの考えを肯定《こうてい》するように、ルシンダの底の知れぬ笑《え》みに国王はブルリと背筋を震《ふる》わせていた。


かくして、今まで通りに男装姿で学院に戻ってきたセシリアである。

「まぁ、確かに。今更《いまさら》セシリアで通うのは無理があったけどねー」

セシリアの姿で学院に通ったが最後、セシリア＝セシルであることが明らかになってしまうことは必至である。いくら髪《かみ》の毛の長さが変わろうが、体形を隠そうが、顔は全く同じなのだ。

これで生徒たちが気づかないわけがない。

（あと、問題は……）

「あ、こんなところにいた！」

聞き慣れた明るい声に、セシリアは声のした方向を見た。すると、リーンがこっちに向かって走ってくる。彼女は呆けているセシリアの腕《うで》をむんずと捕《つか》まえると、唇《くちびる》を尖《とが》らせた。

「もー、こんなところで何してるのよ！　今日はパーティの準備をするって言ったでしょ！」

「あ、そうだった！」

「忘れてたの？　抜《ぬ》けてるわねぇ」

本日は十二月三十一日。一年の終わりの日だ。

今晩は翌朝まで、みんなで新年を迎《むか》えるパーティをするという話だった。

みんなというのにはもちろんモードレッドやグレースも入っている。オスカーも途中《とちゅう》からなら参加できるという話だったたし、ギルバートは昨日の夜から色々手配をしてくれていたみたいだった。アインとツヴァイは、故郷からの仕送りが来たようで、それを持っていくという話だったし、ジェイドとダンテとヒューイはみんながびっくりするような何か面白《おもしろ》い企画《きかく》を考えているようだった。

リーンはセシリアを引っ張りながら呆《あき》れたような表情を浮《う》かべる。

「そんなことで、ちゃんとした神子《みこ》になれるのかしら！」

「うっ」

セシリアは思わず胸を押さえた。

そうなのだ。今回の件で、セシリアは神子になることが半分確定してしまったのだ。つまり（仮）神子状態である。そして（仮）聖騎士《きし》に選ばれたのは、ギルバートだった。

つまり現在のセシリアは、未来の王妃《おうひ》であり、次代の神子という、なんともややこしいことになってしまっているのである。

本当にもう、意味がわからない。

「というか、なんで私……！」

「それは、私たちが宝具を返したからじゃない？」

私たち、というのは、リーンとグレースのことだ。彼らは騒動が終わると同時にさっさと宝具を元のメンバーに戻してしまっていた。しかも、全部セシリアたちがやったのだという報告を国王にあげていたのである。今更『それは嘘《うそ》の報告です』とは言えないセシリアたちはそれを渋々承諾《しぶしぶしょうだく》するしかなかった。というか、国王に嘘の報告をするだなんて彼女たちの肝《きも》は据《す》わりすぎている。

「ってか、私、神子になったら死んじゃうって言ってるじゃない！」

セシリアが神子に選ばれてしまった場合、ゲームでは盗賊《とうぞく》が馬車を襲《おそ》ってくるのだ。そして、セシリアは死んでしまう。

今更ゲームのストーリー通りにことが進むとは思っていないが、用心するに越《こ》したことはないだろう。

そんなセシリアの嘆《なげ》きにリーンは人差し指を立てた。

「でもほら、盗賊の件はあと三ヶ月の間に考えればいいし。そもそも、私たちが盗賊如《ごと》きでどうにかなるわけないじゃない！」

「それは、そうかもしれないけど……」

「それに、今代の神子が色々やらかしたこともあって、なんか神子自体も形骸《けいがい》化する感じだし！　もっと気楽に考えましょうよ！」

「気楽にって……」

さすが、他人事《ひとごと》である。

しかし確かに、マルグリットが片棒を担《かつ》いでいたという事実に、神殿は神子のあり方というものを見直す方針だという。それに、今までは半分軟禁《なんきん》のような状態で神子を縛《しば》っていたらしいのだが、セシリアの代からはある程度緩《ゆる》くなるという話は、もう上がってきていた。

……まぁ、どこまで実現するかは怪《あや》しいところだが。相手は未来の王妃なのだしこれまでの神子のようには縛られないだろうというのが全員の見方だった。

それと、ジャニスが言っていたことの真偽《しんぎ》は、以降国が使者を送り、調べてくれるということにもなった。もし、彼が言っていたことが真実ならば、リーンの言っていたとおりに神子というものは形骸化していくだろう。残るのは象徴《しょうちょう》としての役割だけだ。

リーンはセシリアの背を勢い良く叩《はた》く。

「――いっ！」

「私たちは二回目だけれど、人生、そう何度もやり直しが利《き》くわけがないんだから！　セシリアももっと人生を楽しみなさい！」

さすが、人生をこれでもかと謳歌《おうか》している人間の言葉である。説得力が段違《だんちが》いだ。

（でも、そうか……）

セシリアはリーンに引っ張られながら、ほぉっと息を吐《は》いた。

白い息がふわりと眼前に浮かび上がり、そして消えていく。

「とりあえずは、ここまで生き残れたんだもんね」

春から夏、秋を越えて冬。ざっくり見積もっても九ヶ月だ。

それなら、もっと気楽に構えてもいいのかもしれない。

逃《に》げてしまったジャニスが今後どう出てくるかはわからないけれど、今回もなんとかなったのだし、まぁ、なんとかなるだろう。

「セシル、リーン！　みんな待ってるよ！」

二人を迎えにきてくれたのだろうジェイドが、遠くの方で片手をあげる。

リーンはセシリアの手をひく。

「それじゃ、行きましょう！」

「うん！」

これからどうなるかはわからないが。

とりあえずなんとかなってしまうだろうと考えてしまう辺りが、彼女のいいところであり、悪いところでもあるのである。

巻末書き下ろし短編『嘘と真実の狭間で』

十二月三十一日、夕方――

「ってことで！　みんな、新年、あけましておめでとう！」

飲み物の入ったグラスを掲《かか》げながら、そう音頭《おんど》をとったのはジェイドだった。

学院内のサロンにいる彼らの目の前には、所狭《ところせま》しと並べられた料理。降神祭のゴタゴタ後に開かれた食事会とは、比べ物にならない品数が机の上に並べられている。

席についているのはいつものメンバーで、ちゃんとモードレッドとグレースもいる。途中《とちゅう》から参加予定だったオスカーも間に合っていた。総勢十一人の大所帯である。

そんなメンバーで行うのは、新年を迎《むか》えるパーティだ。

「いや、まだ新年じゃないだろ……」

「全く、ジェイドは気が早いですね……」

笑顔《えがお》でグラスを掲げるジェイドに、冷ややかな目を向けるのはヒューイとギルバートだ。

「つっても、あと数時間後の話だから、別にいいじゃん！　なぁ、ツヴァイ？」

フォローを入れたのはこの会を楽しみにしていただろうダンテ。話を振《ふ》られたツヴァイも

「うん。……だね」と、笑みを浮《う》かべたまま相槌《あいづち》を打つ。

彼らの浮かれた様子に、モードレッドは眉間《みけん》に寄った皺《しわ》を軽く指で揉《も》んだ。

「少々なら目を瞑《つぶ》りますが、あまりハメを外さないようにしてくださいね。私は一応、皆《みな》さんの監督《かんとく》役としてここにいるので。あまりひどいようだとこの会自体も中止に……」

「えー、先生。固いこと言うなよー」「そーだ！　そーだ！　横暴だ！」

口を尖《とが》らせたアインに、調子づくダンテ。見かねて、口を開いたのはオスカーだった。

「お前たち、あまり先生を困らせるな。ここで何か起きたら、全部先生の責任になるんだからな」

「……なるほど。新年から無職ですか」

「グレース、怖《こわ》いことを呟《つぶや》かないでくれますか⁉」

無慈悲《むじひ》な彼女の言葉に、モードレッドの頬《ほお》は引き攣《つ》り、顔は青ざめた。

そんな監督者の様子をよそに、ジェイドはどこか懐《なつ》かしむような声を出す。

「それにしても、今年はなんか濃《こ》い一年だった気がするね」

「確かに」と苦笑《くしょう》を浮かべるツヴァイ。

「退屈《たいくつ》しない一年だったよね！」

「騒《さわ》がしい、の間違《まちが》いじゃないのか？」

ダンテに続き、ヒューイもジェイドの言葉にそう頷《うなず》く。

そんな彼らの会話を受けて、アインは視線をほぼ対角線上にいるセシリアに滑《すべ》らせた。そして、ある種の含《ふく》みを持った声を出す。

「ま。原因はわかりきってるけどな」

「え、………俺？」

こんなところで自分が挙がるとは思わなかったセシリアは、自身を指差しながら目を見開く。

すると、全員が全員、誰《だれ》一人欠けることなく、彼女を見ながらしっかりと首を縦に振った。

「お前は、もうちょっとトラブルメーカーとしての自覚を持った方がいいと思うぞ」

「え？　俺ってトラブルメーカー!?」

「……気づいてなかったのか」

呆《あき》れたようなオスカーの言葉に、腹を抱《かか》えるのは彼の隣《となり》にいるダンテである。

「気づいてないとか、ほんとウケるんだけど！　まったく、ギルも大変だよなー」

「俺ですか？」

「親友だからってのはわかるけど、ほんと甲斐甲斐《かいがい》しいよな」

「いつも振り回されてる感じがするよね。最近だって、セシル、濁流《だくりゅう》に流されちゃうし……」

「あの後のギル、大変だったよな？」

双子《ふたご》の会話にセシリアは「そうなの？」と隣のギルバートに視線を向けた。彼はバツが悪そうに口をへの字に曲げ、無言を貫《つらぬ》いている。

「捜《さが》すのは雨が止《や》んでからの方がいいって、いくら説得しても聞かなくてさ。最後には『うるさい！　とにかく馬車を用意してください！』って、すごい剣幕《けんまく》で……」

「モードレッド先生が止めても、まったく聞きませんでしたしね」

ジェイド、リーンの順でそう暴露《ばくろ》する。

その時の事を思い出したのか、ダンテもちょっと疲《つか》れたような顔になる。

「まぁ。でもあの時はみんな焦《あせ》ってたよね。オスカーも一緒《いっしょ》に飛び込んじゃったし……」

「僕もアインも、話を聞いた時は言葉が出なかったな……」

「自分は止めた側だって顔してるけど、コイツも飛び出そうとした一人だしな」

「ヒューイ様……？」

とばっちりで暴露を喰《く》らい、リーンは顔の上部に影《かげ》を作ったまま恋人《こいびと》に笑みを向ける。

どうやら彼女は取り乱した自分をセシリアには知られたくなかったらしい。

「みんな、心配させてごめんね……」

彼らの話を聞いて、セシリアは反省を示すようにシュンと項垂《うなだ》れた。そんな彼女をフォローしようと、それぞれが口を開きかけたタイミングで、なぜかダンテが手を挙げる。

「ところでさ、前から気になってたことがあるんだけど、この際だから聞いてもいい？」

「え？　なに？」とセシリアが首を捻《ひね》ると、ダンテはニヤニヤとした笑みを顔面に貼《は》り付ける。

「セシル、溺《おぼ》れてたところをオスカーに助け出されたって話だったけど。……したの？」

「したって、なにを？」

「人工呼吸♡」

瞬間《しゅんかん》、ギルバートの口から「は？」と低い声が漏《も》れ、顔がすぐさまオスカーの方を向いた。その鬼《おに》のような顔にオスカーは勢いよく首を横に振る。

「す、するわけないだろうが！」

「いやだって、セシル溺れてたんでしょ？　それならこう、マウストゥマウ――」

「いい加減にしろ、ダンテ！」

「やーん！　怒《おこ》っちゃやだー！」

まるで女性のようなその反応に、笑いがどっと起こる。ギルバートはいまだに黒いオーラを放ちながらオスカーを睨《にら》みつけているが、それも本気ではないようだった。

セシリアが盛り上がる彼らに苦笑を漏らしていると、ツイツイと、誰かが彼女の裾《すそ》を引っ張った。隣を向けば、心配そうな顔をしたリーンがこちらを覗《のぞ》き込んでいる。

「どうしたの？　なんだかちょっと、元気ないわね」

目ざとい親友にセシリアは「あぁ、うん」と頷くと、正面を向いたまま視線を下げた。

「……エルザさん、元気にしてるかなぁって」

先程《さきほど》の流れで思い出したのだ。ほんのわずかだったが、エルザとの楽しかった日々を。

どこまでが彼女の嘘《うそ》で、どこまでが真実だったかはわからないが。全部が全部、嘘ではなかったと信じたい自分がいる。だって、そんなの切なすぎるじゃないか。

その気持ちが全部わかっているのだろう。リーンは優《やさ》しく微笑《ほほえ》み、彼女の背中を撫《な》でた。

「大丈夫《だいじょうぶ》、元気にしてるわよ。今頃《いまごろ》あっちも、楽しくパーティでもしてるんじゃない？」

「……そうだね」と答えた瞬間、なぜかセシリアは少しだけ泣きそうになってしまった。


そこは、数ある隠《かく》れ家《が》の一つだった。

「君って甘いもの好きだったっけ？」

いきなり背中からそう声をかけられ、マルグリットは月に向けていた視線を背後に向けた。

ベランダで佇《たたず》む彼女の後ろには、敬愛するジャニスが微笑みを浮かべながら一人立っている。

「いえ……。別に好きではありませんが」

「そうなの？　そんなもの大事そうに持ってるから、てっきり好きなんだと思った」

そう言って彼が指したのはマルグリットの手だ。胸元《むなもと》にある手には飴《あめ》が握《にぎ》られている。

「これは、……少し特別な飴なんです」

「特別？」

「友人から、もらったんです」

躊躇《ためら》いがちにそう言って、またマルグリットは飴を握ったまま月を見上げた。

あとがき

『あとがきはラジオ感覚で書けばいい』

なんて、アドバイスを先輩《せんぱい》作家さんに頂きましたが、やっぱりあとがきは苦手ですね。

どうも、秋桜《あきざくら》ヒロロです。皆様《みなさま》お久しぶりでございます。

三巻が出たのが二〇二一年の六月なので、約八ヶ月ぶりですね。ヒロロにしては早いほうです。よく頑張《がんば》った。よく頑張ったぞ。

さて、『悪役令嬢《れいじょう》、セシリア・シルビィは死にたくないので男装することにした。』も四巻に突入《とつにゅう》しました！　わーい！　ここまで書けたのも、本当に応援《おうえん》してくださる皆様のおかげです。本当にありがとうございます！　この調子で五巻も無事出ればいいですが……、どうかな？　ちゃんと出るかな？　出たらいいなー！　皆様、もしよろしければ応援のほどよろしくお願いします！

四巻の話ですが、とうとうラスボスと対決！　ってところまで来ましたね！　あとは、オスカーにセシリアの……っと！　そういえば、あとがきから読み始める読者の方もおられるんでしたね！　ネタバレ禁止、ネタバレ禁止。今回の大トロの部分を危《あや》うく話してしまうところでした！　でも、あの洞窟《どうくつ》のシーンは本当に書くのが楽しかったです。むしろ、あれを書くためだけにこの本を書いたと言っても過言ではない！（過言です）

毎回、悪セシには私の『好き』を詰《つ》め合わせて書いているので、なんだかとっても書いていて楽しいです。その分、なんだか少しごちゃごちゃとした仕上がりになっている感じもあるんですが、その辺が作品の雰囲気《ふんいき》にもなっているのかなぁとも思うので、このごちゃごちゃ感も愛すべきごちゃごちゃ感ですよね！

今回も、担当様をはじめ、多くの方々にお力添《ちからぞ》えをいただきました。本当にありがとうございます！　素敵《すてき》なイラストを描《えが》いていただいたダンミル先生、コミカルで楽しいコミカライズを描いてくださっている秋山《あきやま》シノ先生、ビーンズ文庫編集部の皆様、営業部の方々、校正やデザインを担当してくださっている方、印刷所の皆様、書店員の皆様。

そしてなにより、私の本を手に取ってくださった読者の皆様。

本当にありがとうございました。

皆様に支えられて、私は今、こうして本を出すことができています。

これからも一生懸命《いっしょうけんめい》頑張っていきますので、応援のほどよろしくお願いいたします。

それではまた、どこかでお会いできることを祈《いの》りまして……。

秋桜ヒロロ

BEANS BUNKO
「悪役令嬢、セシリア・シルビィは死にたくないので男装することにした。4」の感想をお寄せください。
おたよりのあて先
〒102-8177　東京都千代田区富士見2-13-3
株式会社KADOKAWA　角川ビーンズ文庫編集部気付
「秋桜ヒロロ」先生・「ダンミル」先生
また、編集部へのご意見ご希望は、同じ住所で「ビーンズ文庫編集部」
までお寄せください。

悪役令嬢《あくやくれいじよう》、セシリア・シルビィは死《し》にたくないので男装《だんそう》することにした。4

秋桜《あきざくら》ヒロロ

角川ビーンズ文庫　23032

令和4年2月1日　初版発行

発行者———青柳昌行
発　行———株式会社KADOKAWA
〒102-8177　東京都千代田区富士見2-13-3
電話 0570-002-301（ナビダイヤル）
印刷所———株式会社暁印刷
製本所———本間製本株式会社
装幀者———micro fish

ISBN978-4-04-112242-6C0193 定価はカバーに表示してあります。
◇◇◇

乙女ゲームの悪役王女・ヴィオレッタに転生した
経営コンサルタントの茉莉《まつり》。処刑エンドを回避するため
シナリオとは正反対の行動をとるけれど、前世(職?)の
手腕《スキル》が火を吹いていつの間にか王国再生の旗頭に──!?

角川ビーンズ小説大賞
原稿募集中!
君の"物語"がここから始まる!
角川ビーンズ小説大賞がパワーアップ!
https://beans.kadokawa.co.jp
詳細は公式サイトでチェック!!!
【一般部門】&【WEBテーマ部門】
賞金 大賞 100万円
優秀賞 30万円
他副賞
締切 3月31日
発表 9月発表(予定)
イラスト/紫 真依